Das Buch

»Stell keine Fragen, und du bekommst jede gewünschte Antwort!« Zu dieser Erkenntnis im Umgang mit der Jugend gehört viel Weisheit und Gelassenheit. Die können nur Großeltern aufbringen. Lois Wyse ist eine erfahrene Großmutter. Liebe- und humorvoll erzählt sie von der Rolle der Omas und Opas, rückt alte Klischees zurecht und die lieben Kleinen ins richtige Licht. Beide wissen letztlich: Großeltern und Enkelkinder brauchen einander, um gemeinsame Sache gegen den gemeinsamen Gegner zu machen – die Eltern …

Die Autorin

Lois Wyse, Autorin der Bücher ›Komisch, du siehst gar nicht aus wie eine Großmutter‹ (dt. 1990), ›Am liebsten Großmutter‹ (dt. 1994) und vielen anderen, gehört zum Mitarbeiterstab von ›Good Housekeeping‹ und lebt als Kolumnistin in Pound Ridge/New York.

Lois Wyse:

Unglaublich, was deine Enkelkinder schon wieder angestellt haben!

Deutsch von Uta McKechneay
Mit Illustrationen
von Christiana Nöstlinger

Deutscher
Taschenbuch
Verlag

dtv

Von Lois Wyse
sind im Deutschen Taschenbuch Verlag erschienen:
Komisch, du siehst gar nicht aus wie eine Großmutter (11298)
Am liebsten Großmutter (11956)

Deutsche Erstausgabe
Dezember 1995
Deutscher Taschenbuch Verlag GmbH & Co. KG,
München

Titel der amerikanischen Originalausgabe:
›You Wouldn't Believe What My Grandchild Did ...‹
(Simon & Schuster, New York 1994)

Umschlagtypographie: Celestino Piatti
Umschlagbild: Christiana Nöstlinger
Satz: Design-Typo-Print, Ismaning
Druck und Bindung: C.H. Beck'sche Buchdruckerei,
Nördlingen
Printed in Germany · ISBN 3-423-12114-9

Inhalt

Für die Eltern und Großeltern
der zahlreichen Enkelkinder,
die Lee und ich so lieben –

sowie für all die Lehrmeister und Freunde,
die für das Gedeihen sorgen

Einführung

Spätestens seit Frauen wie Elizabeth Taylor, Jacqueline Onassis und Debbie Reynolds Enkelkinder haben, wissen wir, daß Großmütter nicht mehr aussehen müssen wie die hausbackenen pummeligen Omas in Erstkläßlerfibeln.

Wir brauchen keine Nickelbrillen und auch keine biederen Treter mehr zu tragen.

Fürs Kuchenbacken gibt es fertige Backmischungen.

Wir haben es auch nicht mehr nötig, im Schaukelstuhl zu sitzen, zu stricken und tatenlos mitanzusehen, wie das Leben an uns vorbeizieht.

Wir sind eine ganz neue Generation von Großeltern – wir treiben Sport, halten Diät und fühlen uns entsprechend gut. Niemand sieht uns unser Alter an.

Wir sind berufstätig, wir gehen auf Reisen, wir tanzen und amüsieren uns nach Kräften.

Doch in unserem Innersten vergessen wir nie, daß wir Großeltern sind.

Wörter wie »Eigentumswohnung«, »Disneyland« und »ja« gebrauchen wir gerne.

Unsere Enkelkinder wissen schon, wenn sie noch im Kinderbettchen liegen, daß wir etwas Besonderes sind. Von ihren Eltern unterscheiden wir uns ganz beträchtlich.

Auch wir sind uns dieser Tatsache bewußt, denn wir können die neuen Erdenbürger um und um lieben. Die Sorgen und Ängste der Eltern bleiben uns erspart. Wir sehen unsere Aufgabe darin, die strengen Erziehungsmaßnahmen der Eltern zu lockern und zu mildern. Eltern müssen ihre Kinder streng erziehen, um sie in dieser chaotischen Welt Ordnungsliebe und Verantwortungsbewußtsein zu lehren.

Die Rolle der Eltern ist uns durchaus klar. Schließlich haben wir sie ja auch einmal gespielt. Im häuslichen Bereich waren wir Polizisten und Bewährungshelfer, Trainer und Lehrmeister auf allen erdenklichen Gebieten.

Das liegt jetzt hinter uns, wir können uns davon erholen und uns der angenehmen Seite des Kinderaufziehens widmen.

Wir dürfen uns an den Enkelkindern freuen, und zwar vorbehaltlos, denn die Last der Verantwortung ruht nicht mehr auf uns.

Es ist eine Freude ohne Gefahren.

Wie vielversprechend dieser neue Lebensabschnitt ist, erkennen wir, wenn unser erstes Enkelkind zur Welt kommt, und dieses Wissen festigt sich mit jedem weiteren Kind.

Meine Enkelin Molly wußte gleich beim erstenmal, als sie zu mir hochsah, was es mit Großmüttern auf sich hat. Sie gurrte und krähte. Ich stimmte in ihr Gegackere ein. Jetzt ist Molly sieben, und mir ist das Lachen noch immer nicht vergangen. Warum denn auch? Ich brauche sie ja nicht zu kämmen und nicht ständig hinterherzusein, damit sie sich wäscht, sich anzieht, ißt und ihre Hausaufgaben macht.

Als sie sich mit ungefähr sechs Jahren einmal ganz besonders über ihre Mutter geärgert hatte, wandte sie sich an mich und fragte: »Glaubst du, daß Mami später mal so gut zu meinen Kindern ist wie du zu uns? Ob sie meine Kinder auch mal so verwöhnt wie du uns jetzt?«

»Ja, natürlich«, versicherte ich ihr.

»Das kann ich mir nicht vorstellen«, maulte Molly. »Mami ist so furchtbar streng. Von ihr bekommen meine

Kinder bestimmt nicht immer was Süßes, wenn sie wollen, und zum Frühstück gibt's bestimmt kein Eis.«

»Wenn das so ist, verspreche ich dir, daß ich auch noch für deine Kinder dasein werde«, gelobte ich. »Ich sage ja, wenn deine Mutter nein sagt, und sie kriegen alles, was sie wollen.«

»Danke, Oma«, sagte Molly sichtlich erleichtert und widmete sich wieder ihren Puppen.

Diese Molly-Geschichte zeigt, daß sie erfaßt hat, worin die Aufgabe der Großeltern besteht. Natürlich habe ich auch ähnliche Geschichten über Marisa, Elizabeth und Sarah auf Lager, ich könnte von Noah, Max und Alex ebenso erzählen wie von Emily und Stephanie.

Ich erzähle diese Geschichten immer und immer wieder und spinne so die Fäden der Familiengeschichte weiter. Das tun alle Großeltern. Es gibt zwar Tonbandgeräte und Videokameras, doch wir Großeltern sind und bleiben die menschlichen Berichterstatter, die festhalten und weitergeben, was ihr Leben und das ihrer Nachkommen ausmacht. Wer kann auch geringfügige Geschehnisse so liebevoll ausschmücken wie eine Großmutter oder ein Großvater? Wer versteht sich besser darauf als Oma oder Opa, alles im besten Licht erscheinen zu lassen, wer weiß die Fäden kunstvoller zu spinnen?

Wenn wir auch noch sportlich und aktiv und in geistiger Hinsicht keineswegs eingerostet sind, fallen wir doch in die Rollen altmodischer Großeltern zurück, wenn wir von den Heldentaten, besonderen Leistungen und klugen Aussprüchen unserer geliebten Enkelkinder erzählen.

Großeltern bringen es fertig, sich geschlagene zehn Minuten über den kleinen Sonnenschein und die Weihnachtsfeier in der Schule auszulassen, und der Bericht über einen wackeligen Milchzahn nimmt mindestens sieben Minuten in Anspruch. Wenn Großeltern erzählen, wie ihr Enkelkind laufen, sprechen und winke, winke machen lernt, kann das länger dauern als eine vierteilige Miniserie im Fernsehen.

Zur Freude an den Enkelkindern gehört für die Großeltern das Vergnügen, sich über sie auslassen zu können.

Eltern sind blutige Anfänger, was die Liebe zu Kindern angeht. Denn Liebe, die wahre Liebe von Generation zu Generation, erwächst aus der Erfahrung. So ist die beste aller Lieben dem Alter vorbehalten.

Nur Profis wissen, daß es keine reinere, uneigennützigere und weniger nachtragende Liebe gibt als die der Großeltern zu ihren Enkelkindern.

So mancher genaue Beobachter des Familienlebens hat schon festgestellt: »Eltern erziehen, Großeltern verwöhnen.«

Ganze Heerscharen von Großeltern verwöhnen heute ihre Enkelkinder. Noch nie hat es so viele Großeltern gegeben. Da sollte man doch eigentlich annehmen, daß sich die garstigen Rangen und verzogenen kleinen Bälger mehren, doch davon kann keine Rede sein. Enkelkinder sind ohne Ausnahme süß wie Gummibärchen, rührend lieb und unwahrscheinlich schlau.

Davon bin ich felsenfest überzeugt, denn mir ist noch keine Großmutter und auch noch kein Großvater begegnet, die beziehungsweise der nicht baß erstaunt war angesichts der Vollkommenheit und Genialität der neuen Generation. Wie ein Mann stehen wir auf, um uns der Überlegenheit unserer Kindeskinder zu rühmen. Uneinigkeit herrscht nur in einem Punkt: Wessen Enkelkind das beste und das klügste ist.

Manchmal können wir es gar nicht fassen, daß die Kinder, die in unseren Augen schwer erziehbar waren, nun so bemerkenswerte Kinder haben. Noch fassungsloser sind wir darüber, daß wir inzwischen so alt sind, um Großeltern dieser Wunderwesen zu sein.

Aber so ist es, und wir freuen uns, daß wir noch einmal miterleben dürfen, wie unsere Saat aufgeht.

Allmählich wird uns klar, daß das Großelterndasein wie das ganze Leben in einzelnen Phasen abläuft.

Beim ersten Enkelkind möchte man Bände sprechen, doch dann redet man in der Babysprache auf das kleine sprachlose Wesen ein.

Die Enkelkinder werden größer, und weitere kommen auf die Welt. Eines Tages übernehmen wir die Rolle, von der wir glaubten, daß unsere Eltern sie ewig spielen würden – die Rolle des Familienoberhaupts, die Rolle dessen, der immer Zeit hat, die Rolle des Chronisten.

Wenn die Enkelkinder größer werden, müssen wir die Schulbank wieder drücken und uns mit Problemen auseinandersetzen, von denen wir uns nichts hatten träumen lassen. Als Eltern hielten wir es schon für rühmlich, ein Lexikon zu kaufen, dabei war das noch gar nichts. Heute braucht das Kleine nicht nur einen ganzen Bücherschrank mit Nachschlagewerken, sondern auch einen Computer. Das Kind betritt die Bühne und steht fortan im Mittelpunkt.

Sobald man Enkelkinder hat, kann man sicher sein, Platz auf dieser Bühne zu finden.

Also Vorhang auf, Scheinwerfer an.

In diesem Buch teilen sich Großeltern und Enkelkinder in die Hauptrollen. Von Zeit zu Zeit treten auch die gemeinsamen Gegner auf – die Eltern, die unerläßliche Brücke zwischen Großeltern und Enkelkindern.

Du wirst Großmutter!

Die Kreuzfahrttickets sind schon abgeholt, die Stoffe für die Umgestaltung des Schlafzimmers bereits ausgesucht, da ruft die Tochter plötzlich an und sagt: »Mami, du wirst Oma.« Nachdem die Tickets zurückgegeben und die Stoffe abbestellt sind, kann sich die Großmutter in spe nur noch in Geduld fassen und warten, bis sie die Erlaubnis kriegt, der Welt kundzutun, was sich da Überwältigendes anbahnt.

Das freudige Ereignis ist kein Geheimnis mehr …

Der Ehemann sieht sich gerade ein Footballspiel im Fernsehen an. Die angehende Großmutter läßt gezwungenermaßen sechs *Downs* und vier *Offsides* über sich ergehen. Beim Werbeblock schlägt sie dann zu. Während die Bierwerbung vom Bildschirm flimmert, fallen die schicksalsschweren Worte: »Wir werden Großeltern.« Er stellt nicht einmal den Ton leiser. »Hast du verstanden?« insistiert sie und setzt noch mal an: »Wir werden …«

»Psst«, wehrt er ab. »Nicht jetzt.«

Die eigene Mutter ist ganz aufgeregt. Sie hätte nie gedacht, daß sie noch Urgroßmutter werden würde. Dann läßt sie ihre weisen Ratschläge vom Stapel und teilt ihrer Tochter mit, daß sie diese zu einem vollkommenen Menschen erzogen habe und sich auch bestens auskenne, was die Rolle einer Großmutter betreffe. Sie sei die ideale Großmutter gewesen, denn sie habe sich niemals eingemischt. Sie gibt der Hoffnung Ausdruck, daß auch ihre Tochter diese Rolle bis zur Perfektion beherrscht, äußert aber gleich diesbezüglich Bedenken.

Die beste Freundin ist bereits Großmutter und verrät, wo es das beste Spielzeug und wo es die exklusivste Babymode zu kaufen gibt.

Die zweitbeste Freundin, die noch keine Enkelkinder hat, ist neidisch und gibt das auch ganz offen zu. Sie äußert den Verdacht, daß ihre Kinder keine Kinder haben wollen, weil sie sich nur auf diese Weise dafür rächen können, daß sie Kinder in die Welt gesetzt hat.

Der Orthopäde rät davon ab, das Kind auf den Arm zu nehmen, wenn es über vierzig Pfund wiegt. Sie versichern ihm, daß das Neugeborene vermutlich nicht so viel auf die Waage bringen wird.

Der Immobilienmakler stößt einen sofort mit der Nase drauf, daß die werdenden Eltern sicher zu beengt wohnen und eine größere Wohnung brauchen, wenn das Kind erst einmal da ist. Zufällig hat er gerade das Ideale an der Hand. Eine kräftige Finanzspritze von seiten der Großeltern steht für ihn außer Frage.

Der Anwalt schlägt unverzüglich vor, ein neues Testament zu machen, und zwar dahingehend, daß der Elternteil, der *Ihr* Kind ist, Sie einmal beerbt, denn falls es zur Scheidung kommen sollte … Sie halten dem Anwalt vor Augen, daß das Paar nicht im Traum daran denkt, sich zu trennen – ganz im Gegenteil, es pflanzt sich ja fort. Da meint er achselzuckend, es sei ein Jammer, daß es Ihnen an Erfahrung mangelt. Man müsse immer mit dem Schlimmsten rechnen und Vorsorge treffen.

Der Bankdirektor rät zu einem Sparkonto für das Kind, damit die Ausbildung gesichert sei.

Die Innenarchitektin plädiert dafür, das ganze Haus kindgerecht umzugestalten. Man hält ihr vor Augen, daß das Baby ja nicht bei den Großeltern aufwächst, sondern nur hin und wieder zu Besuch kommt. Man nimmt sich vor, es wie seinen Augapfel zu hüten, und hofft, daß das nicht zu strapaziös wird.

Die Frauen der Fahrgemeinschaft kreischen: »Mein Gott, wer hätte das gedacht!« Bis ihnen einfällt: »Soll das etwa heißen, daß du jetzt dienstags nicht mehr fährst?«

Die Kolleginnen stecken die Köpfe zusammen und lassen einem dann großmütig ihre gesammelten Erfahrungen und Ratschläge zugutekommen, was Schwangerschaftsgymnastik, Atemtechnik, Hebammen, Kreißsäle, das Stillen eines Babys und die Entlassung aus dem Krankenhaus am Tage der Geburt betrifft. Man seufzt zufrieden und erinnert sich daran zurück, daß man selbst noch in der guten alten Zeit Mutter geworden ist, als Ärzte bei der Geburt zugegen waren, man mindestens fünf Tage in der Klinik blieb, das Baby das Fläschchen bekam und man sich zu Hause von einer Pflegerin verwöhnen lassen konnte.

Es gibt die verschiedensten Reaktionen auf die Mitteilung des freudigen Ereignisses.

Manche betrachten einen neuen Erdenbürger allein unter wirtschaftlichen Aspekten, denn bei Geburten sind wie bei Hochzeiten inzwischen teure Geschenke üblich.

Andere sehen darin eine Kritik an ihrer eigenen Lebensweise.

Doch die meisten Menschen, die davon erfahren, gratulieren und gehen zur Tagesordnung über.

Bei uns werdenden Großmüttern ist das anders. Wir wissen nämlich, daß das Geheimnis des Lebens in neuem Leben besteht. Jede Großmutter ist sich darüber im klaren, daß die bisherigen Wertvorstellungen jetzt in noch stärkerem Maß Gültigkeit haben. Wir ahnen, daß sich die Erfüllung unseres Lebens anbahnt.

Baby Face

Als Melody ihren Eltern sagte, daß sie bald Oma und Opa sein würden, waren diese kaum zu bremsen. Ihr Vater wollte die Neuigkeit am liebsten mittels einer Leuchtreklame am Times Square propagieren, und die Mutter bestand sofort auf Fotos. Doch irgendwie gelang es Melody und Tim, die Eltern zu bremsen, bis das erste Schwangerschaftsdrittel überstanden war. Dann aber posaunten die Großeltern in spe die Nachricht in alle Welt hinaus.

Natürlich waren die Großeltern bei der Geburt in der Nähe und gingen nervös im Krankenhaus auf und ab. Und natürlich stand die frischgebackene Großmutter den frischgebackenen Eltern zur Seite, als es nach Hause ging. Der frischgebackene Großvater machte zahlreiche Besorgungen für die frischgebackenen Eltern, die frischgebackene Großmutter aber machte sich Sorgen. Die frischgebackene Mutter hatte zwar gewußt, wie man ein Kind zur Welt bringt, doch sie hatte sichtlich keine Ahnung, wie man mit einem Baby umgeht.

Wie würde sie zurechtkommen?

Wie wollte sie den neuen Erdenbürger jemals großbekommen?

Die frischgebackene Mutter zuckte jedesmal zusammen, wenn sie das Wort »Windel« hörte. Und Ausdrücke wie »Bäuerchen machen« nötigten der studierten Mama hilfloses Gestammel ab.

»Glaubst du, sie weiß, was sie tut?« flüsterte der frischgebackene Großvater der frischgebackenen Großmutter ins Ohr, als sie sich am dritten Tag kurz in die Küche zurückgezogen hatten.

»Nein«, mußte die frischgebackene Großmutter zugeben. »Heute hat sie mich schon wieder gefragt, wie man ein Baby hält. Dabei habe ich ihr schon so oft gesagt, daß Babys nicht aus Zucker sind. Wie man ein Neugeborenes am besten hält! Das kann man doch nicht lernen, das weiß man instinktiv.«

Erst am sechsten Tag rief die frischgebackene Großmutter den frischgebackenen Großvater im Büro an, um ihm kolossal erleichtert zu versichern: »Jetzt ist alles in bester Ordnung, unsere junge Mutter kommt schon klar.«

»Woher willst du das wissen?« meinte der Großvater besorgt.

Die frischgebackene Großmutter kicherte. »Sie ist gerade ins Kinderzimmer gekommen und hat mir vorgeworfen, ich mache alles falsch. Wenn eine Tochter erst einmal anfängt, daran herumzumäkeln, wie altmodisch ihre Mutter ist, heißt das, daß sie es besser machen will.«

Im siebten Großeltern-Himmel

Annelle schob ihren ersten Enkel im Kinderwagen eine belebte Straße entlang, da meinte ihr Mann: »Du spazierst einfach so durch die Gegend, ohne etwas um dich herum wahrzunehmen. Merkst du nicht, daß sich alle Leute nach dir umdrehen?«

»Natürlich ist mir aufgefallen, daß sie uns nachsehen«, erwiderte sie schnippisch. »Aber das gilt nicht mir, sondern unserem süßen Enkel.«

»Das glaube ich kaum«, widersprach ihr Mann. »Du summst vor dich hin, und zwar so laut ...«

»Na und, was ist daran so schlimm?« meinte die frischgebackene Großmutter trotzig.

»Nichts, meine Liebe«, versuchte der ihr Angetraute sie zu beschwichtigen, »aber du summst ›Ein Hoch dem Herrn‹.«

*

Sie sind alte Freunde und beide erst seit kurzem erstmals Großväter. Als sie sich zufällig über den Weg laufen, sinken sie sich in die Arme und erzählen von ihren Enkelkindern.

»Du glaubst nicht ...«, setzte der eine Großvater an.

»... wem mein Enkel ähnlich sieht«, beendete der andere den Satz.

»Soll ich dir mal ein Foto zeigen?« fragten beide gleichzeitig, griffen in ihre Brieftaschen und zogen Fotos ihrer Enkelkinder raus.

Dann standen sie da und brachen in Lobeshymnen aus.

Erst als sich die Großväter schon längst verabschiedet hatten und ihrer Wege gegangen waren, erkannten sie, daß sie keinen Blick auf das Foto vom Enkelkind des anderen geworfen hatten. Beide hatten jeweils nur das *eigene* Enkelkind bewundert. Die überglücklichen Großväter hatten die Fotos gar nicht ausgetauscht.

*

Großvater mußte zu einem Verkaufsgespräch mit einem wichtigen Kunden. Er drückte seinen jüngsten Enkel noch einmal an sich und gab ihm einen Kuß, weil er hoffte, daß ihm das Glück bringen würde.

Die Familie fand das sehr lieb vom Opa, und auch das Baby schien sich so über den Besuch zu freuen, daß es nach dem Opa griff und ihn festhalten wollte.

Bestens gelaunt betrat der glückliche Großvater den Konferenzraum. Der Kunde und seine Mitarbeiter erwarteten ihn schon, auch die Tabellen und Dias lagen bereit.

Großvater setzte zu einer Begrüßungsrede an. Als er die Arme in einer allumfassenden Geste ausbreitete, fingen alle an zu lachen.

Der Großvater senkte den Blick und sah an sich hinunter.

Ein Babyschuhchen war aus seinem Ärmel auf den Konferenztisch gefallen.

Die Mode im Wandel der Zeiten

Wenn Großmütter auch Kinderwagen schieben, Babys wickeln und auf Abruf bereitstehen, so heißt das doch noch lange nicht, daß sie sich kleiden müssen wie die Frauen in der ›Gartenlaube‹.

Leider ist es aber mit der Mode so, daß ausgerechnet diejenigen, die sich die Designersachen leisten können (vor allem Großmütter), feststellen müssen, daß sie entschieden besser darin ausgesehen hätten, als sie noch dreißig Jahre jünger waren.

Soll man Miniröcke tragen, wenn man schon so viele Jahre auf dem Buckel hat?

Als die Rocksäume immer höher rutschten, mußte ich mitansehen, wie sich Altersgenossinnen geradezu auf diese Miniröcke stürzten. Mir waren diese Panikkäufe unbegreiflich.

»Es ist mein letztes Auftrumpfen, bevor die Knie unförmig werden«, gestand mir eine Großmutter. »Mit meinem Kinn und meinem Bauch ist schon kein Staat mehr zu machen, wie Sie sehen.«

Verstehen Sie mich bitte nicht falsch. Ich habe nie bestritten, daß super-superkurz phantastisch aussehen kann. Superschlanken Sechzehnjährigen steht das sogar sehr sehr gut.

Aber man verschone uns mit Großmüttern, die ihre ausladenden Formen in viel zu kurze Röcke zwängen, statt ihren Bauchspeck zu kaschieren. Miniröcke sind nun mal nichts für alte Mädchen.

Natürlich machen nicht alle Großmütter jede Modetorheit sklavisch ergeben mit.

Selbst Großmütter, die sich figürlich durchaus noch sehen lassen können, verhalten sich in Modefragen oft vernünftig.

Eine Großmutter aus meinem Bekanntenkreis probierte eines Tages eine Kreation an, bei der der Ausschnitt fast so groß war wie das ganze Kleid. »Nehmen Sie es«, riet ihr die Verkäuferin. »Es ist wie für Sie gemacht.«

Da lächelte die Großmutter und schüttelte den Kopf. »Nein, diese Modetorheit ist wohl kaum das Richtige für den Großelterntag im Kindergarten.«

Eine andere Großmutter gestand verschämt, daß ihr Enkelkind sie eines Tages fragte, warum ihre Beine so blau geädert seien. Das gab für sie den Ausschlag. Seitdem trug sie keine kurzen Röcke mehr. »Mir wurde schlagartig klar, daß ich zu alt für Miniröcke bin«, seufzte die modebewußte Oma.

Die meisten Großmütter finden sich jedoch weder zu alt noch zu dick für etwas, was unsere Großmütter an Frauen schockierend gefunden hätten: Sie tragen ganz selbstverständlich lange Hosen.

Ihnen bleiben wir vermutlich immer treu, ob sie nun modisch *in* oder *out* sind. Egal, ob es heißt, eine Horde von Enkelkindern zu bändigen, mit ihnen auf dem Fußboden herumzurutschen oder Lebensmittel für drei Generationen nach Hause zu schleppen – es geht doch nichts über eine Großmutter, die die Hosen anhat in der Familie.

Sich in Rauch auflösen

Sie rauchte seit ihrem sechzehnten Lebensjahr, und niemand konnte sie davon abbringen. Auch daß sie ständig von allen Seiten mit bösen Blicken bedacht wurde, hinderte sie nicht daran, sich Zigaretten anzustecken.

Trotz lautstarker Proteste rauchte sie im Beisein ihrer Kinder und ihrer Freunde, auf dem Golfplatz und auf Parties. Sie rauchte im Büro und selbst im Lift, auch wenn ein Schild dort das Rauchen ausdrücklich untersagte. Seit man in Flugzeugen nicht mehr rauchen darf, fliegt sie eben nicht mehr.

Mit achtundsiebzig Jahren wurde sie Großmutter.

»In der Nähe unseres Babys rauchst du aber nicht«, sagten die frischgebackenen Eltern.

Um zu paffen, ging Großmutter also wie ein Teenager vor die Tür.

Eines Tages sagten dann die Eltern: »Es tut uns leid, aber du stinkst nach Rauch. Halte dich bitte von dem Baby fern.«

Da hörte Oma auf zu qualmen.

Ihren Eltern, ihrem Mann, ihren Kindern oder ihren Kollegen zuliebe hätte sie nicht auf Zigaretten verzichtet. Auch nicht ihren Freunden zu Gefallen oder weil es angenehmer und gesünder war.

»Ja, wie soll ich das erklären?« murmelte die Großmutter. »Ich bin ganz vernarrt in dieses Baby, und ich hatte mir ja vorgenommen, alles für ein Enkelkind zu tun. Da war das die logische Folge.«

Manche Großeltern, die rauchen, brauchen jedoch noch einen viel direkteren Anstoß …

Als Opa zu Besuch kam, gab er der elf Monate alten Katie einen Kuß und zündete sich eine Zigarette an.

Katie bedachte ihn daraufhin mit einem eindringlichen mißbilligenden Blick, hob drohend den Zeigefinger und sagte klar und deutlich: »Nein, nein, nein – auchen baba.«

Katies Eltern konnten sich nicht erklären, woher sie das hatte, aber es zeigte die gewünschte Wirkung.

Opa »auchte« nie wieder in der Nähe seiner Enkelin.

Ein vierjähriger Junge hat sich so über das Rauchen aufgeregt, daß er seine Großmutter, die seit dreißig Jahren rauchte, tatsächlich davon abbrachte.

Aber das fiel Oma wahrhaftig nicht leicht. Schließlich ließ sie sich vom Arzt Nikotinpflaster verschreiben. Als ihr Enkel sie das nächste Mal besuchte, erzählte sie ihm stolz: »Oma hat vom Arzt Pflaster bekommen, damit es ihr nicht so schwerfällt, mit dem Rauchen aufzuhören.«

Der Enkel überlegte und meinte schließlich: »Vielleicht kann er mir auch Pflaster geben, damit ich mit dem Nägelkauen aufhöre.«

Oma, die Geburtshelferin

Großmütter erinnern sich noch an die Zeit, als werdende Väter Nervenbündel waren, die ruhelos durch Krankenhausflure tigerten und eine Zigarette nach der anderen rauchten, während ihre Frauen in grellweißen antiseptischen Kreißsälen die Kinder zur Welt brachten.

Was den Geburtsvorgang anbetraf, waren Väter damals dermaßen ahnungslos, daß sie auch daran hätten glauben können, daß der Storch die Kinder bringt.

Aber die Zeiten haben sich geändert, und zwar drastisch!

Der angehende Vater und die werdende Mutter arbeiten heute Hand in Hand und bekommen das Kind *gemeinsam*.

Als Karen erfuhr, daß sie schwanger war, nahmen sie und ihr Mann sich vor, daß das Kind von Anfang an »ihrer beider« Kind sein sollte. Darryl wollte sie nach Kräften unterstützen und Hilfestellung leisten, von der ersten Wehe bis zur tatsächlichen Geburt. »Wir wollen diesem Baby besonders nahe sein«, nahm sich Karen vor.

Eines Tages setzten bei Karen am späten Nachmittag die Wehen ein. Darryl hetzte sich zwar ab, um den nächsten Vorortzug noch zu erwischen, aber Karen sagte sich, daß sofort etwas geschehen müsse. Also bat sie ihre Mutter, sic ins Krankenhaus zu fahren, und hinterließ Darryl eine schriftliche Nachricht, auch dorthin zu kommen.

Die werdende Großmutter fuhr Karen nicht nur ins Krankenhaus, sondern ging auch mit in den Kreißsaal. Kaum war Darryl angekommen, da eilte auch er in den Entbindungssaal, um Karen beizustehen.

Nach einer Weile fiel der werdenden Großmutter auf, daß ihr Schwiegersohn ganz grün aussah. »Darryl«, flüsterte sie und zupfte ihn am Ärmel, »geh doch lieber da hinten in die Ecke. Ich helfe Karen gern.«

Erleichtert trat der Schwiegersohn den Rückzug an und hielt sich im Hintergrund. Oma hingegen kämpfte an vorderster Front. »Pressen!« befahl sie, und die fügsame Tochter gehorchte, wie sie schon immer gehorcht hatte, wenn ihr die Mutter etwas auftrug. Nach zehn Minuten rief die Oma: »Es ist ein Junge!«

Der sehr mitgenommene Vater brach daraufhin in Tränen aus. »Ich habe mir so sehr einen Sohn gewünscht, ich wollte es nur nicht zugeben«, schluchzte er.

Das ist jetzt vier Jahre her. Natürlich liebt der Papa seinen Sohn von ganzem Herzen, aber was glauben Sie wohl, wen das Baby gleich am meisten für sich einnahm?

Natürlich Oma, die Geburtshelferin.

Als Cindy bei uns im Büro anfing, war sie verlobt und wollte heiraten. Trotzdem hielt sie den Job für eine Lebensstellung. Ich lächelte gerührt. Ja, ja. Eine junge Frau, die kurz vor der Hochzeit stand, betrachtete das als Lebensstellung! Hatte sie noch nie davon gehört, daß man auch Kinder kriegen konnte, die man dann eventuell um vier Uhr morgens stillen mußte?

Cindy heiratete. Zwei Jahre später kam sie dann zu mir und sagte: »Ich will ganz ehrlich sein. Wir hätten gern ein Kind, aber ich möchte trotzdem weiterarbeiten. Die Fahrzeit beträgt zwar hin und zurück je zwei Stunden« – also vier Stunden pro Tag –, »aber meine Mutter wird mir helfen, wenn ich ein Baby kriege. Sie wohnt ganz in unserer Nähe.«

Ich kenne Cindys Mutter. Sie ist eine sehr liebenswerte, mütterliche Frau, aber schon über sechzig. Wer kann sich in diesem Alter noch Tag für Tag mit einem Neugeborenen abgeben? Na, wir werden ja sehen, dachte ich bei mir. Es wird sich schon noch zeigen, ob das geht.

Nach ein paar Monaten kam Cindy zu mir ins Büro und schloß die Tür. Ich sah ihr gleich an, daß sie mir ein Geheimnis anvertrauen würde. »Ich bin schwanger«, erzählte sie mir stolz, doch auch ein wenig zittrig. »Ich sage es Ihnen schon im Anfangsstadium, damit im Büro auch weiterhin alles wie am Schnürchen läuft.«

»Und was sagt Ihre Mutter dazu?« fragte ich, bevor ich mir auch nur den Kopf darüber zerbrach, ob Cindys Mann sich wohl auf das Baby freute.

»Meine Mutter sagt, daß ich mit ihr rechnen kann«, erklärte Cindy.

Nach weiteren sechs Wochen kam Cindy wieder zu mir ins Büro und schloß die Tür. »Ich habe eine gute und eine schlechte Nachricht. Die gute Nachricht: Ich bekomme Zwillinge. Die schlechte: Ich muß meinen Mutterschaftsurlaub früher antreten und auch nach der Geburt der Babys länger zu Hause bleiben.«

»Was sagt denn Ihre Mutter dazu?« fragte ich sie wieder.

»Meine Mutter sagt, daß sie sich nichts Schöneres vorstellen kann. Sie liebt Babys über alles.«

Alle Menschen mögen Babys. Aber sich Tag für Tag mit ihnen abplagen müssen? Na ja, wir werden sehen.

Lange brauchten wir nicht mehr zu warten.

Fünf Wochen später kamen die Jungen auf die Welt, schon Wochen vor dem errechneten Geburtstermin.

Zwei große starke Jungen, Adam und Zachary.

»Jetzt ist die Familie komplett«, verkündete Cindy stolz. »Von A bis Z. Mehr Kinder müssen gar nicht sein.«

»Und wie geht es Vera?« fragte ich. Vera ist Cindys Mutter.

»Sie hält sich prima«, sagte Cindy.

Erst als die Jungen schon ein Jahr alt waren, brachte ich den Mut auf, Vera anzurufen. »Na, wie geht's denn so?« erkundigte ich mich.

»Ich bin ganz vernarrt in die beiden Kleinen«, sprudelte sie hervor. »Ich habe mich ja darum gerissen, sie aufziehen zu dürfen. Auch um meine Nichte habe ich mich schon bis zu ihrem dritten Lebensjahr gekümmert. Ich liebe Babys. Diese beiden sind ganz besonders entzückend, und ich liebe sie über alles.«

»Aber jetzt laufen sie doch sicher schon, und man muß ständig hinter ihnen hersein«, wandte ich ein.

»Ach, sie sind ganz lieb. Opa hat zwischen Wohnzimmer und Küche ein Gitter installiert, und da können sie jetzt spielen.«

»Ein Gitter! Haben sich die Zwillinge über Sachen hergemacht, von denen sie besser die Finger gelassen hätten?«

»Ach wo, sie benehmen sich mustergültig. Es kommt höchstens einmal vor, daß Adam Zachary das Fläschchen wegnimmt, aber dann bringe ich ihn dazu, daß er es ihm wiedergibt.«

»Sie sind also wirklich brav?« hakte ich noch einmal nach.

»Sie könnten gar nicht braver sein«, versicherte sie mir. »Sie sind ganz wild auf Zeitschriften. Ich schaue mit ihnen die Bilder an und sage ihnen, daß das Opa ist. Sie sind wirklich ganz entzückend. Ich habe soviel Freude an diesen beiden Kleinen.«

»Sie machen Ihnen also wirklich keinen Kummer, Vera?«

»Nein, aber etwas anderes macht mir Sorgen. Cindy bleibt freitags zu Hause, wie Sie ja wissen. Sie verbringt den ganzen Tag mit ihren Kindern. Sie holt sie morgens aus den Bettchen, zieht sie an und geht mit ihnen zum Spielplatz. Dann kommen sie heim, sie zieht sie frisch an und geht mit ihnen einkaufen. Mittags gehen sie essen und dann ab ins Einkaufszentrum. Sie ist doch schließlich berufstätig und hat eine arbeitsreiche Woche hinter sich. Da sollte sie sich nicht am Freitag auch noch um die Kinder kümmern müssen. Ich finde, sie übertreibt. Das ist alles viel zu anstrengend.«

Da fuhr ich aus der Haut. »Zu anstrengend für *Cindy*? Aber Vera, das ist doch nur ein Tag pro Woche. An allen anderen Wochentagen versorgen Sie die Kinder.«

»Ja, das tue ich«, bestätigte sie glückstrahlend. »Bin ich nicht ein Glückspilz?«

Es war ziemlich anmaßend von mir und liegt jetzt schon Jahre zurück, daß ich den Gedanken weit von mir gewiesen habe, daß Vera ein Baby aufziehen sollte, von zweien ganz zu schweigen. Na, wir werden ja sehen, habe ich damals gedacht. Jetzt sehe ich, daß alles bestens läuft. Ich sehe, daß Vera ihre beiden Enkel mehr liebt und weit besser kennt, als die meisten Großmütter sich vorstellen können. Dafür hat sie viel Zeit und Mühe aufgewandt. Bei Vera dreht sich jetzt alles um die Jungen. Um nichts in der Welt möchte sie diese neue Lebensaufgabe missen.

Jetzt begreife ich, daß sich Vera auch dann glücklich schätzt, wenn sie todmüde ist. Ich weiß, warum sie sich für einen Glückspilz hält.

Zehn Methoden, sich beim Enkelkind beliebt zu machen

Ob das Baby Ihnen, Ihrem Mann oder Ihrem Onkel in Timbuktu ähnlich sieht, ist nicht so wichtig.

Wichtig ist nur, wie Sie erreichen, daß das Kind Sie liebt, Sie liebt und nochmal liebt.

Ich nenne Ihnen hier zehn todsichere Methoden, wie Sie garantiert die Liebe Ihres Enkelkindes erringen. Es kann natürlich sein, daß Sie bei den Eltern des Kindes großes Befremden auslösen.

1. Sagen Sie immer »ja«, ganz gleich, wie die Eltern dazu stehen.
2. Schauen Sie nicht auf die Uhr, werfen Sie sie am besten weg, wenn ein Enkelkind bei Ihnen übernachtet. Bestehen Sie keinesfalls darauf, daß das Kind zu einer bestimmten Zeit ins Bett geht.
3. Bringen Sie Ihrem Enkelkind bei, wie man Schokoladenmilchshakes macht.
4. Versprechen Sie dem Kind den Eiffelturm, die gesamte ›Encyclopaedia Britannica‹ und einen Laptop-Computer, wenn das Kleine Ihren Namen sagt, bevor es die Namen der anderen Großeltern aussprechen kann.
5. Versuchen Sie um keinen Preis, den kleinen Schatz dazu zu bringen, daß er sich aufs Töpfchen setzt, von der Toilette ganz zu schweigen.
6. Lassen Sie es ruhig zu, daß Ihr Enkel oder Ihre Enkelin im Spielwarengeschäft ausflippt.
7. Lassen Sie den kleinen Engel so viel fernsehen, wie er will.
8. Fordern Sie das gute Kind nie auf, in die Kamera zu lächeln, bloß weil Großvater einen Videofilm dreht.

9. Erzählen Sie Ihrem Enkelkind bloß nicht von der Freundin, deren Enkel schon mehr kann und mehr Kunststücke beherrscht als der Hund, der zum Haushalt der Familie gehört.
10. Legen Sie sich einen Riesenvorrat an Magneten zu, damit Sie die Innen- und Außenwände Ihres Kühlschranks mit den einmalig schönen Kunstwerken Ihres süßen kleinen Lieblings schmücken können.

»Meinst du nicht, er müßte auch Gemüse essen?«

Sie kommen also zu Besuch.

Das ist prima. Aber man muß auch für sie kochen.

Na ja, »kochen« ist wohl zuviel gesagt.

Genaugenommen braucht man Essen für sie ja nur aus der Tiefkühltruhe zu nehmen und in die Mikrowelle zu schieben. Oder man lädt sie zu McDonald's ein. Saft und Kartoffelchips tun's auch.

Heutzutage ist alles kindgerecht.

Als wir Großeltern noch Kinder waren, haben wir gegessen, was auf den Tisch kam. Paßte uns das nicht, mußten wir eben hungrig bleiben.

Wir mußten uns wohl oder übel fügen, hatten keine andere Wahl.

Bei unseren Kindern haben wir das nicht mehr ganz so streng gehandhabt und den Kleinen vorgesetzt, was alle Kinder ihrer Generation gern gegessen haben: Hot dogs oder Hamburger.

Die jüngste Generation ißt für ihr Leben gern chinesisch. Geht man aber mit den Enkelkindern in ein Chinarestaurant, bestellt garantiert ein Kind etwas von der ersten Seite der Speisekarte, das nächste etwas von der zweiten Seite und das dritte Enkelkind, das nicht gern chinesisch ißt, eine Nachspeise.

Großmutter Ellen war sich der Tatsache bewußt, daß ihre Enkelkinder in Essensfragen einen grundverschiedenen Geschmack hatten. Doch auf das Theater, das sich bei Tisch abspielte, war sie nicht vorbereitet, als sie ihrem Sohn und ihrer Schwiegertochter einen dreitägigen

Besuch abstattete. Die zweijährige Tootsie aß zwar Erdnußbutter, aber pur und nicht etwa als Brotaufstrich. Ihr sechsjähriger Bruder Tommy war ganz wild auf Marmeladenbrote, Erdnußbutter konnte er nicht ausstehen. Der neunjährige Andrew wiederum lehnte sowohl Erdnußbutter als auch Marmelade kategorisch ab. Er mampfte statt dessen Popcorn und Grissini, wenn er nicht gerade Instant-Nudelsuppe schlürfte. »Meinst du nicht, er müßte auch Gemüse essen?« fragte Ellen ihre Schwiegertochter.

»Versuch mal, ihn dazu zu bringen«, lautete die lakonische Antwort.

In Ellen reifte der Entschluß, schon morgen wieder heimzufahren.

*

Eine andere Großmutter hat die Erfahrung gemacht, daß Kinder heutzutage oft einen sehr erlesenen Geschmack haben. Eins ihrer Enkelkinder schwört auf Sushi, ein anderes kann man nur mit Tofu glücklich machen, während das dritte Enkelchen Salat strikt ablehnt, wenn es sich nicht um Radicchio handelt.

*

Wieder eine andere weiß jedoch etwas völlig anderes über die Eßgewohnheiten heutiger Kinder zu berichten.

»Mein ältestes Enkelkind ist ein adoptierter kleiner Junge aus Korea. Mir fiel bald auf, daß er gern Reis aß – und zwar ausschließlich Reis. Keine Kartoffeln und auch keine Nudeln. Ich verkniff mir jeden Kommentar und sagte mir, daß seine Vorliebe für Reis wohl angeboren war, da er aus

Ostasien stammte. Natürlich fand ich es erstaunlich, daß so etwas erblich war, aber als gute Großmutter hielt ich den Mund. Dann bekam meine Tochter selbst ein Kind, ein weißes Kind. Und nun kam ich aus dem Staunen gar nicht mehr heraus, denn auch dieses Kind aß nichts als Reis. Auch das nächste leibliche Kind entpuppte sich als Reisfan. Das zeigte sich, sobald es mit am Tisch aß. Irgendwann erkannte ich, woran das lag. Meine Tochter war nämlich der Reisfreak. Meine Enkelkinder aßen Reis, weil meine Tochter ihnen Reis vorsetzte – Reis und immer wieder Reis. Niemals Kartoffeln oder Nudeln, sondern ausschließlich Reis. Da stand ich nun mit meinen drei Universitätsdiplomen in Anthropologie und meiner Feinfühligkeit im Hinblick auf die unterschiedlichen Lebensweisen der verschiedenen Kulturkreise. Ich hatte mich für allwissend gehalten, doch die Geschichte mit dem Reis hat mir gezeigt, daß heutzutage keine Großmutter mehr durchblickt. Wir müssen umlernen.«

*

Witz eines Erstkläßlers, der sich mit Ernährungsfragen befaßt:

Erstkläßler: Was ist der Unterschied zwischen einer Mutter und einer Großmutter?

Mutter: Weiß ich nicht.

Erstkläßler: Bei der Mutter sind im Essen drei Gramm Fett, bei der Oma eine Milliarde Gramm.

*

Und dann wäre da noch von dem fünfjährigen John zu berichten, der mit seinen Großeltern zum Essen ging. »Oma«, bat er, »gehen wir lieber nicht in ein *Slow-food*-Restaurant.«

»Das mußt du mir erklären, John«, erwiderte die Großmutter. »Was ist denn ein *Slow-food*-Restaurant?«

»Ist doch ganz einfach«, versicherte er ihr. »Das sind Restaurants mit Speisekarten. Man wartet und wartet, und es dauert eine Ewigkeit, bis das Essen kommt.«

Der Großmutter ging ein Licht auf.

Sie gingen zu McDonald's.

A wie Alex

Die drei Kinder meines Sohnes Rob und seiner Frau Denise sind für mich StephanieAlexEmily. Natürlich weiß ich, daß die Kinder mit neun, sechs beziehungsweise zwei Jahren ausgeprägte Persönlichkeiten sind. Gerade deshalb liebe ich sie ja so sehr. Stephanie ist klein und sportlich und von Natur aus höflich und zuvorkommend. Diese Höflichkeit ist typisch für sie wie ihr langes Haar. Alex malt gern, ist verschmust und genauso klapperdürr wie sein Vater früher. Sein Vater ist inzwischen ein kräftiger Mann. Und Emily, die Jüngste? Sie läßt keine Wünsche offen. Sie ist das großartigste Kind, das man sich vorstellen kann, denn wenn ihre Eltern sagen: »Gib Oma einen Kuß«, dann tut sie das.

Obwohl sie grundverschieden sind (ja, auch mir unterläuft wie allen Großmüttern von Urbeginn an der Fehler, daß ich ihre Namen durcheinanderbringe), sehe ich sie als Einheit.

Als Rob beschloß, uns seinen Sohn schon ein paar Tage vor dem Besuch der gesamten Familie zu bringen, freute ich mich daher sehr und nahm mir vor, Alex meine ungeteilte Aufmerksamkeit zu schenken, was ja schlecht möglich ist, wenn man sich drei Kindern gleichzeitig widmen muß. Robs Begründung konnte ich nur begrüßen. »Alex braucht es, daß seine Oma einmal nur ihn allein umsorgt, und auch das Zusammensein mit mir während der Fahrt wird ihm guttun«, erklärte er mir.

Ich hatte den Hörer noch nicht aufgelegt, da traf ich im Geist schon Vorbereitungen für den Besuch. Alex sollte es bei mir gefallen. Ich wollte mit ihm in verschiedene

Museen gehen, einkaufen und zum Essen. Alex, der künstlerisch Begabte, sollte sich bestätigt sehen. Zu diesem Zweck wollte ich ein kleines Buch mit dem Titel ›A wie Alex‹ für ihn schreiben, das er illustrieren sollte.

Ich konnte es kaum erwarten, daß Alex das Büchlein illustrierte, deshalb las ich es meinem Enkel vor, sobald er mit seinem Vater eingetroffen war.

Rob gefiel es.

Und Alex? Na ja – mehr oder weniger.

»Siehst du«, sagte ich und blätterte das Buch durch, »hier auf der Titelseite steht dein Name. Du kannst es illustrieren, Bilder dazu malen.«

Alex schob es weg. »Will ich nicht.«

»Oma meint ja damit nicht, daß es sofort sein muß«, wandte sein Vater ein.

Doch, Rob, genau das hat Oma gemeint.

»Du kannst dir ja jeden Tag eine Seite vornehmen«, fuhr Rob fort und sprach mir damit ganz und gar nicht aus der Seele.

Normalerweise malt Alex zehn bis fünfundzwanzig Bilder am Tag.

»Ich will aber nicht, Daddy«, setzte sich Alex zur Wehr. »Hast du auch Papier, wo noch nichts draufsteht, Oma?«

Ich ging zu meinem Schreibtisch und holte ihm einen ganzen Stapel.

»Danke«, sagte er und machte sich daran, seine Farben und Stifte auszupacken. Er setzte sich damit an den Küchentisch und fing an zu malen.

Nach ein paar Stunden sah ich mir seine Werke an.

»Was ist das?« fragte ich und griff nach einem Bild.

»Eine Fabrik.«

»Woher weißt du denn etwas über Fabriken?«

»Wir haben einen Klassenausflug gemacht und gesehen,

wie Äpfel gepflückt werden. Die kommen in so eine Maschine.«

»Und was ist mit diesem Bild?«

»Das ist Belle und das Biest. ›Die Schöne und das Biest‹ ist mein allerliebster Film. Ich habe ihn schon viermal gesehen.«

Er hatte Berge gemalt (»darüber haben wir in der Schule viel gelernt«) und Bilder, auf denen Ariel und andere Meerjungfrauen zu sehen waren (»Das war auch ein ziemlich guter Film«), Schlösser, wie er sie sich vorstellte, und Regenbogen.

Bis seine Geschwister, Vettern und Cousinen kamen, hatte Alex die Tür meines Kühlschranks und auch noch ein paar Wände mit seinen Kunstwerken geschmückt.

Und was ist mit mir?

Ich hatte die wichtigste Lektion gelernt, wie man seinen Enkelkindern näherkommt: Stell keine Fragen, und du bekommst jede gewünschte Antwort. Zeige ihnen Möglichkeiten auf, aber enge sie nicht ein. Aus dem, was sie mit Hingabe tun, erfährst du, was in ihnen vorgeht.

Auch wenn man eine bestimmte Begabung bei ihnen vermutet, darf man sie nicht darauf festlegen.

Da Alex sehr gern malt, hatte ich angenommen, daß es ihm Spaß machen würde, Illustrationen zu meinem Buch beizusteuern.

Irrtum.

Alex ist eine eigenständige Persönlichkeit und malt, was er will. Er benutzt seine Stifte nach eigenem Gutdünken und macht sich seine eigenen Gedanken.

Eines Tages wollte ich von Alex wissen, woher er die Ideen für seine Bilder nimmt.

»Die kommen von einer kleinen rosa Stelle in meinem Kopf«, kam die Antwort wie aus der Pistole geschossen.

»Ach so.« Mehr fiel mir dazu nicht ein.

»Du hast so was auch«, versicherte er mir. »Weißt du, was das ist?«

»Das Gehirn, und damit der Verstand.«

»Ja, Oma, ganz genau«, stimmte er mir lächelnd zu. »Den mußt du halt benutzen, das ist alles.«

Ich habe seinen klugen Rat befolgt.

Seitdem bemühe ich mich, den Gästen, die ihr Leben eine Weile mit mir teilen, kein vorgefertigtes Programm mehr vorzusetzen. Ich gönne den Menschen, die ich liebe, ihren Freiraum und überlasse es ihnen, dem, was ihnen am Herzen liegt, auf ihre Weise Ausdruck zu verleihen.

Wer will da noch behaupten, daß es ganz einfach ist, Großmutter zu sein?

Bobby schickte sich an, mit seinen Angehörigen in die Kirche zu gehen. Der Feiertag galt dem heiligen Franz von Assisi und damit den Tieren.

Man sah, wie es in Bobby arbeitete. »Oma«, meinte er schließlich stark verunsichert. »Ich mache mir Sorgen um die Tiere. Viele werden hungrig bleiben.«

»Wieso denn das?« fragte die Großmutter verwundert.

»Die Elefanten sind so riesig«, lautete Bobbys Antwort, »daß sie bestimmt das ganze heilige Abendmahl auffressen, wenn sie gesegnet werden, und für die kleinen Lämmchen bleibt dann gar nichts übrig.«

»Keine Sorge, Bobby«, tröstete ihn die Großmutter. »Du darfst das nicht so wörtlich nehmen. – Aber der Gedankengang könnte von dem heiligen Franz von Assisi selber stammen«, murmelte sie vor sich hin.

An der Hand seines Großvaters betrat der vierjährige Richard die Kirche. Der Großvater erklärte ihm, dies sei das Haus Gottes. Von der Höhe des Kirchenschiffs beeindruckt, flüsterte Richard ehrfürchtig: »Mann, Gott muß ja riesengroß sein.«

*

Der sechsjährige Samuel saß neben seiner Großmutter in der Synagoge. »Der Herr unser Gott, der Herr ist eins«, intonierte der Rabbi.

»Oma«, flüsterte Samuel, »wann ist er zwei?«

*

Die Großmutter erzählte, wie die Pläne für die Weihnachtsfeiertage aussahen. Der zweijährige Jake hörte sich das eine Weile an, dann fiel ihm etwas ein. »Oma«, sagte er, »Jesus hat wirklich Glück gehabt, findest du nicht auch? Er ist an einem Feiertag geboren und auch an einem Feiertag gestorben.«

*

Als Mark drei Jahre alt war, starb seine geliebte Eidechse. So kam er zum erstenmal mit dem Tod in Berührung. Großmutter schlug vor, die Eidechse mit Hilfe eines größeren Jungen zu beerdigen. Sie erklärte Mark, worin eine Beerdigung bestand. »Eine Beerdigung ist eine Feier, bei der man ein Gebet spricht, ein Lied singt und das geliebte Wesen zu Grabe trägt.« Sie stellte einen Schuhkarton als Sarg zur Verfügung und zeigte den Jungen, wo sie die Eidechse im Garten hinter dem Haus begraben konnten.

Die Jungen waren von der Idee begeistert. Eilends strebten sie dem Garten zu. Der ältere der beiden Jungen sprach ein Gebet für die Eidechse und bat den kleinen Mark, ein Lied zu singen. Mit Tränen in den Augen faltete der kleine Mark die Hände und schmetterte mit gesenktem Kopf: »Hoch auf dem gelben Wa-a-gen ...«

*

Bei der Taufe ihrer kleinen Cousine war sie zappelig und rutschte ruhelos hin und her. Schließlich hielt es die Fünfjährige nicht mehr aus und fragte ihre Großmutter in jammervollem Ton: »Müssen wir bis zum Ende der Vorstellung bleiben?«

Diese Oma ist Klasse

Patti gehört zu den Großmüttern mit mehr Kindern als Platz, um sie alle unterzubringen. Als die Familie immer größer wurde und die Enkelkinder nur so angepurzelt kamen, herrschte bald so eine drangvolle Enge, daß man den Eindruck hatte, das Haus sei geschrumpft.

Pat und John konnten ihre fünf Kinder noch ganz leidlich unterbringen – vorausgesetzt, es erschien immer nur ein Kind samt Familie. Doch alle Kinder und Kindeskinder gleichzeitig unter einem Dach zu beherbergen war ein schier aussichtsloses Unterfangen.

Nach der Geburt des fünften Enkelkindes sagte sich Patti schließlich, daß sich ihre von Kalifornien über Oregon bis nach New York verstreuten Enkelkinder nie kennenlernen, geschweige denn anfreunden würden, wenn sie nicht bald ein Familientreffen arrangierte.

Patti ließ sich im Reisebüro beraten. Ein Jahr lang suchte sie nach einem geeigneten Ort, traf Entscheidungen, verwarf sie wieder und verhandelte von neuem, dann beschlossen sie und ihr Mann, ihre Kinder und Enkelkinder zum ersten Familientreffen nach Dude Ranch einzuladen.

Patti war ganz zuversichtlich, als es soweit war. Sie hatte für diese Woche ein abwechslungsreiches Programm zusammengestellt. Sie wollte sich den Kleinsten widmen. Die Größeren konnten reiten, sich sportlich betätigen. Es sollte eine aufregende, ausgefüllte Woche werden. Eine Woche, die sie nicht so bald vergessen werden, gelobte sie.

Am ersten Morgen waren Patti und John schon bei Tagesanbruch voller Tatendrang. John kehrte bereits um sechs Uhr früh vom Joggen zurück und fand Patti in Jeans und

Cowboyhut vor. Sie war startbereit. Ein Planwagenfrühstück stand auf dem Programm.

Um sieben Uhr saß diese flotte Großmutter des ausgehenden zwanzigsten Jahrhunderts im Sattel, ein Bild von einer Reiterin, als die Familie auf den Weg einbog.

Patti lächelte zufrieden. In diesem Augenblick wußte sie, daß sich all die Mühe und Arbeit ihres Lebens gelohnt hatten. Kinder und Enkelkinder waren prächtig gediehen. Ihre Familie!

Man schaue sie nur an!

Die älteren Enkelkinder ritten sanfte, gutmütige Pferde, und die beiden Kleinsten, die noch im Babyalter waren, hatten sich die Väter in Rückentragen umgegurtet.

Am Ziel angelangt, sprangen alle aus dem Sattel. Die Kinder frönten ihrem Spieltrieb, und mit viel Gelächter wurde das gemeinsame Frühstück zum Vergnügen. Danach ging es zurück zur Ranch.

Die Ranch war schon in Sicht, als Joes großer Cowboyhut davonflog und ins Blickfeld des Pferdes geriet. Das Pferd wieherte und galoppierte los.

Joe trug eines der Babys auf dem Rücken. Er klammerte sich an dem zuvor so sanften Pferd fest, das jetzt wie wild im Kreis herumlief. »Ich halte mich schon fest!« schrie er seiner Frau zu, als das Pferd vorbeiraste. In diesem Augenblick fiel ihm ein, daß man ihm gesagt hatte, der Sattel sei nicht richtig befestigt, als er das Pferd übernommen hatte. Der junge Pferdeknecht hatte ihm jedoch in lockerer Westernmanier versichert: »Keine Sorge, bei Ihrem Gewicht kann der Sattel ja nicht runterfallen.«

Doch als das Pferd immer schneller wurde, fühlte Joe, wie der Sattel ins Rutschen geriet. Er griff noch fester zu und schickte ein Stoßgebet zum Himmel. Sein und seines

Sohnes Leben lagen jetzt in seiner Hand, darüber war er sich im klaren. Er mußte schauen, wie sie diesen Teufelsritt lebend überstanden.

Und so schickte er sich an, vom Pferd zu springen. Wenn es beim nächsten Wenden etwas langsamer galoppierte, wollte er sich aus dem ohnehin abrutschenden Sattel gleiten lassen und sich irgendwie abrollen. Er konnte nur hoffen, daß das Kind den Sturz unversehrt überstand. Natürlich konnte er das weder seinen weinenden Schwestern noch seiner geschockten Frau ankündigen, als er wieder einmal an ihnen vorübersauste.

Als die Angehörigen Joe und das Baby fallen sahen, waren sie daher wie versteinert. Sie sahen das Pferd mit fliegender Mähne davongaloppieren. Joe wälzte sich am Boden, doch sie hörten nichts. Kein Laut durchbrach die Stille.

Endlich blieb Joe ruhig liegen, und jetzt hörten sie es: Das Baby schrie.

»Sie leben«, schluchzte Patti.

So landeten sie nach dem Frühstück alle in der Notaufnahme des nächsten Krankenhauses.

John kam mit seinem Baby angehumpelt und erfuhr: keine Gehirnerschütterung, keine gebrochenen Knochen, nur blaue Flecken und harmlose Hautabschürfungen.

Aber die übrige Familie war in einer schlimmen Verfassung.

Die Kinder waren so verschreckt, verwirrt und mitgenommen, daß sie am liebsten mit der nächsten Maschine heimgeflogen wären.

Patti sah auf ihre Armbanduhr.

Elf Uhr.

Der nächste Punkt auf dem Programm, das White Water Rafting Lunch, war für zwölf Uhr angesetzt, ein

Mittagessen im Anschluß an eine Flußfahrt im Schlauchboot.

Wie sollte sie sich jetzt verhalten?

Sie tat, was sich jede vitale Großmutter erhofft, wenn es um eine wichtige Entscheidung geht und nur sie sich einen kühlen Kopf bewahrt hat: Sie übernahm das Kommando.

»Schnappt euch eure Schwimmwesten, Leute!« ordnete sie an. »Jetzt geht's aufs Wasser.« Angst ließ diese couragierte Großmutter erst gar nicht aufkommen, denn die steckt an, greift rascher um sich als ein Grippevirus. Unerschütterlich, mit eisernem Willen und klarem Blick stand sie hochaufgerichtet da und befahl: »Zieht euch Badeanzüge beziehungsweise Badehosen an. Onkel Joe und seine Familie bleiben hier, aber wir anderen fahren. Ihr werdet sehen, wieviel Spaß das macht.«

Damit behielt sie recht.

Es war überwältigend.

Dieses Rafting erwies sich als Abenteuer, das sie nie vergessen würden.

Anfänglich kreischten die Kinder, wenn ihnen das Unternehmen zu gefährlich vorkam, doch ein Blick auf ihre Großmutter zeigte ihnen, daß es im Leben eben manchmal holprig zugeht, daß einen das Leben zuweilen tüchtig durchrüttelt und beutelt, daß man nicht immer trocken bleibt. Aber was macht das schon?

Schließlich waren sie Pattis Enkelkinder. Alle wußten, daß die Großmutter jeder Krisensituation gewachsen war, warum also nicht auch sie.

Immer und überall.

Haben Sie Ihr Enkelkind heute gesehen?

Die Liebe läßt sich nicht daran messen,
wie sehr das Enkelkind mich liebt,
sondern vielmehr daran,
wieviel Zuwendung ich diesem Kind
zukommen lasse.

Aus Kindermund

Ob sie sich nun mit den Großeltern oder mit Freunden unterhalten (echten oder eingebildeten) oder einfach nur so rumlungern – niemanden zitiert man lieber als ein Enkelkind.

Die vierjährige Liza verbrachte den Tag bei Großmama. Am Nachmittag kam sie der Großmutter matt und apathisch vor. Es ist immer die größte Sorge der Großeltern, daß das Enkelkind krank werden könnte, während es bei ihnen zu Besuch ist. Die Großmutter hielt es daher für angebracht, Fieber zu messen. Als sie Liza das Thermometer wieder aus dem Mund nahm, blickte die Kleine seelenvoll zu ihr auf und fragte: »Wie geht es mir, Oma?«

*

Eine Großmutter wird Zeugin des folgenden Gesprächs:

1. *Mädchen:* Zu Halloween möchte ich als Prinzessin gehen, aber meine Mutter sagt, das kommt nicht in Frage, so ein Kostüm ist viel zu teuer.
2. *Mädchen:* Du brauchst nur meine Großmutter darum zu bitten. Die kauft dir alles, was du willst.

*

1. *Junge:* Ist dir noch nicht aufgefallen, daß mir alle unter die Nase reiben, daß ich klein bin? Wissen die denn nicht, daß ich das selber weiß?

2. Junge: Ich fühle mich schrecklich.
Großmutter besorgt: Warum denn?
2. Junge: Stacy ist in mich verknallt.
Großmutter: Was ist denn daran so schlimm?
2. Junge: Möchtest du vielleicht, daß dir alle unter die Nase reiben, daß Stacy in dich verknallt ist?

*

Die Großmutter sollte auf ihre fünfjährige Enkelin aufpassen. Während das kleine Mädchen emsig malte, sortierte die Großmutter die Wäsche und legte sie zusammen. Hilfesuchend wandte sie sich an ihre Enkelin. »Wem gehören denn diese marineblauen Socken?« fragte sie. »Ich weiß nicht, wo ich die hintun soll.«

»Ach, leg sie einfach auf den ›Ich-weiß-nicht‹-Stapel«, antwortete das kleine Mädchen unbekümmert.

*

Die dreijährige Megan kam ihre Großeltern besuchen. Die brachten sie schon bald dazu, ein Potpourri ihrer neuesten Hits zum besten zu geben. Beglückt sang sie ihre kleinen Liedchen, auch eins ihrer Lieblingslieder:

> »Der Winter ist ein echter Mann,
> kernfest und auf der Lauer …«

Großvater, der Spitzenmanager

Großvater sollte mit allen seinen Enkelkindern – immerhin neun an der Zahl – zum Essen gehen.

»Wohin gehe ich denn am besten mit ihnen?« wandte er sich an eine der Mütter.

Sie riet ihm zu Burger King. »Du wirst auf keinen Fall mit ihnen fertig, ganz gleich, wo ihr auch essen geht. Aber bei Burger King toben noch Unmengen anderer Kinder rum und kreischen, da fallt ihr nicht so auf, und du fühlst dich nicht ganz so hilflos«, meinte sie.

Verwundert schüttelte der Großvater den Kopf. Sie schien tatsächlich davon überzeugt zu sein, daß sich die Kinder wie die Vandalen aufführen würden.

»Also, du machst es am besten so ...«, setzte die Mutter an.

»Laß nur, ich löse das auf meine Weise«, winkte der Großvater ab.

Schließlich war der denkwürdige Tag herangerückt, an dem die zehn – ein Großvater und neun Enkelkinder zwischen drei und neun Jahren – loszogen, um ein Restaurant zu stürmen. Nachdem der Großvater im Anschluß an das Essen das letzte Kind wieder zu Hause abgeliefert hatte, wollte die Großmutter von ihm wissen, wie es gelaufen war.

»Bestens, allerbestens«, versicherte er ihr.

»Wollte Amelia ihr Brötchen nicht getoastet haben, und hat Jeffrey nicht auf einem Hamburger ohne Fleisch bestanden ...?«

»Hör auf!« gebot ihr der Großvater Einhalt. »Ich will dir sagen, wie ich das gemanagt habe. Ich habe die Kinder zusammengetrommelt, sie sich hinsetzen lassen und ihnen

die Speisekarte gegeben, die ich mir vorsorglich aus dem Restaurant geholt hatte. Dann durften alle Kinder ihre Wünsche äußern. Meine Sekretärin hat die Sitzordnung festgelegt – wie bei einer Vorstandssitzung, weißt du –, und bevor wir losgezogen sind, habe ich ihnen noch Verhaltensmaßregeln eingetrichtert.«

»Was denn für Verhaltensmaßregeln?« fragte die Großmutter erstaunt.

»Regel Nr. 1: kein Herumschubsen. Regel Nr. 2: kein Geschrei. Regel Nr. 3: kein Herumhüpfen. Regel Nr. 4: keine Änderungswünsche mehr, nachdem die Bestellung aufgegeben ist. Regel Nr. 5: Serviette benutzen.«

»Und daran haben sie sich gehalten?« Die Großmutter konnte sich das kaum vorstellen.

»Haben sie. Alles hat bestens geklappt«, versicherte ihr der gewiefte Großvater. »Ich habe den Kindern klargemacht, daß sich diese Methode geschäftlich bestens bewährt hat. Daher müßte sich das eigentlich auch in der Familie bewähren. Das haben sie eingesehen«, fügte er stolz hinzu.

»Vielleicht sollten es unsere Kinder auch einmal damit versuchen«, sinnierte die Großmutter.

Doch Großvater schüttelte den Kopf. »Bei ihnen würde das nicht funktionieren«, meinte er. »Das Problem bei Eltern ist, daß sie sich wie Eltern aufführen. Sie würden einem niemals abnehmen, daß Kindererziehung im Grunde genommen auch nichts anderes ist als ein Geschäft.«

Alles ist relativ

Sie lieben das neugeborene Baby selbstverständlich, rühmen ungeniert die angeborene Intelligenz des Kindes, lassen sich immer wieder gerührt darüber aus, wie hübsch es ist, und versichern allen, daß es ganz eindeutig ihrer Seite der Familie ähnelt. Doch genaugenommen schließen die meisten Großeltern das kleine Wesen erst voll und ganz ins Herz, wissen sich vor überströmender Liebe kaum zu lassen und sind ihm auf ewig verfallen, wenn ihnen das Enkelchen die Arme um den Hals legt, sie auf die Wange küßt, sie anruft oder sagt: »Ich hab' dich lieb.«

Wenn Enkelkinder ganz impulsiv anrufen, heißt das allerdings nicht immer, daß man ihnen furchtbar fehlt. Davon kann jene Großmutter ein Lied singen, bei der eines Tages das Telefon klingelte, und als sie den Hörer abnahm, hörte sie ein kleines Stimmchen zwitschern: »Oma, hier ist Ashley. Ich rufe aus Kalifornien an.«

Die Großmutter staunte. Ashley erklärte, sie habe Omas Nummer ganz allein gewählt. Daddy schlafe, und Mami sei nicht zu Hause. Die Großmutter war völlig aus dem Häuschen vor Freude über diesen unerwarteten Anruf. Sie schwatzte und schwatzte und konnte kein Ende finden.

Bis Ashley plötzlich fragte: »Welche Oma bist du eigentlich?«

»Oma Anne«, lautete die stolze Antwort.

Ein abgrundtiefer Seufzer der Enttäuschung entrang sich dem kleinen Mädchen, als es sagte: »Ach, ich wollte doch mit meiner anderen Oma sprechen.«

*

Phyllis spielte Verstecken mit ihrem Großvater, und wie viele Kinder schlug sie die Hände vor die Augen und bildete sich ein, Opa könne sie so nicht sehen. Der Großvater ließ sich nichts anmerken und spielte das Spiel mit. Er suchte Phyllis im Erdgeschoß und im 1. Stock, sah unter den Betten und in den Schränken nach und rief ihren Namen. Phyllis machte das einen Heidenspaß, und der Großvater hatte auch viel Freude daran.

Das schönste Erlebnis, von dem er auch seinen Freunden erzählte, hatte er eines Tages, als er wieder einmal auf der Suche nach Phyllis in den Keller hinuntergegangen und anschließend die Treppe hochgejagt war. Da stand Phyllis vor ihm und zwitscherte: »Hast du mich im Keller gefunden?«

*

Barrys Großvater spielt liebend gern mit seinem Enkel. Doch selbst beim Ballspielen ist Großvater keiner dieser coolen Jeanstypen. Auch bei solchen Gelegenheiten trägt er mit Vorliebe khakifarbene Hosen und dunkelgrüne Pullover. Ein kastanienbrauner Pullover wirkte an ihm schon bunt. Trotzdem war der Großvater völlig perplex, als ihn der Enkel mit der für Vierjährige typischen Neugier fragte: »Opa, warum ziehst du immer so langweilige Sachen an?«

»Langweilig?« wiederholte der Großvater entrüstet. »Was ist denn daran langweilig?«

»Ach, ich weiß nicht«, meinte Barry. »Deine Kleidung sagt mir einfach nichts.«

*

Die Großmutter brachte der zweijährigen Becky die Farben bei. Zeig mir mal etwas Rotes. Welche Farbe hat der Himmel? Becky war mit einem solchen Eifer bei der Sache und kannte sich bald so gut aus, daß Großmutter in ihr ein Genie sah.

»Becky, du bist wunderbar«, lobte sie das geliebte Lockenköpfchen und strich ihm übers Haar.

»Nein, bin ich nicht«, widersprach Becky. »Ich bin wunderschön.«

*

Opa griff nach dem bunten Ball und ließ sich von der zweijährigen Kris die einzelnen Farben sagen. Sie kamen völlig richtig und wie aus der Pistole geschossen – rot, gelb, blau, grün –, doch als der Großvater auf eine lila Stelle zeigte, wußte sie nicht weiter.

»Na, was ist das?« stupste sie der Großvater an.

Kris überlegte eine Weile und erklärte dann: »Das ist ganz was anderes.«

Urgroßeltern sollte man haben

Humor, Heldentum und ein Hauch von Unvergänglichkeit gehören zum Urgroßelterndasein. Sieht man in der Großelternschaft eine zweite Chance zur Elternschaft, welche Möglichkeiten eröffnen sich da erst Urgroßeltern!

Sie lud ihren Einkaufswagen in einer Rekordzeit voll und reihte sich in die Schlange an der Kasse ein. Vor ihr stand eine junge Frau, die erstaunt die Augen aufriß, als sie sich umdrehte und in dem Einkaufswagen hinter sich zweiundzwanzig Napfkuchen, siebzehn Schokoriegel und eine Videokassette für Kinder sah.

»Ihre Enkelkinder kommen wohl zu Besuch«, meinte die junge Frau.

»Was heißt hier Enkelkinder?« schnaubte die alte Dame. »Die würden dieses Zeug nicht anrühren. Das habe ich alles für meine Urenkel gekauft. Die verwöhne ich jetzt nämlich.«

*

Meine Mutter ist schon über neunzig, doch sie kann immer noch perfekt einparken, geht zum Einkaufen ins Einkaufszentrum, lebt allein, trifft sich regelmäßig mit anderen »alten Mädchen« zum Kartenspielen und setzt sich ans Klavier, um ihren Urenkeln etwas vorzuspielen.

»Wie geht es dir?« frage ich sie immer, wenn ich sie anrufe.

»Großartig«, erklärte sie mir eines Tages. »Weißt du, ich unterhalte mich nämlich öfter mit Gott, und am Ende

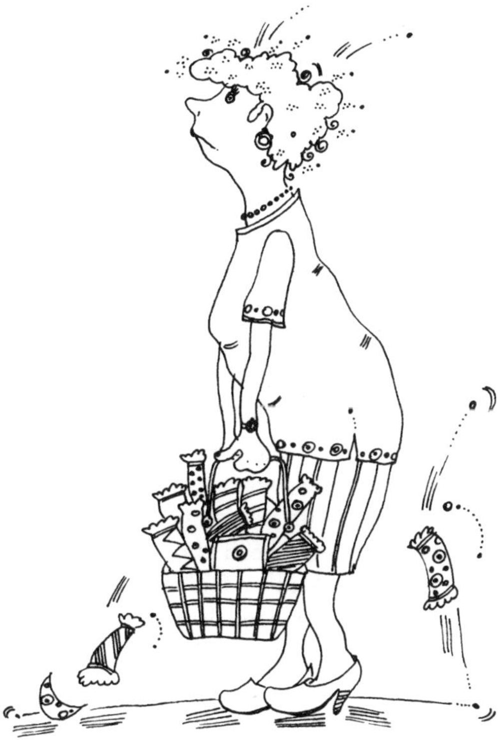

dieses Zwiegesprächs versichere ich ihm immer: ›Ich bin noch nicht bereit.‹«

Ihre neun Urenkel sind auch noch nicht bereit, auf ihre Urgroßmutter zu verzichten.

*

Seine Urgroßmutter kommt regelmäßig zu Besuch und nimmt ihn dann gern auf den Schoß. Eines Tages sah der kleine Junge sie aufmerksam an, streichelte ihr faltiges Gesicht und fragte: »Oma, wie hast du eigentlich ausgesehen, als du noch neu warst?«

*

Als sich herausstellte, daß Urgroßmutter Krebs hat, war schon nichts mehr zu machen. Ihre Tochter reiste aus Rom an, um ihr bei der Vorbereitung auf die letzten Lebensmonate behilflich zu sein.

Sie verkauften das Haus der Urgroßmutter, und die alte Dame wurde in einem Pflegeheim untergebracht, das beiden geeignet erschien. Sie sagten sich, was sich Mutter und Tochter eben sagen, wenn sie sich nahestehen.

Dann flog die Tochter nach Italien zurück, doch sie mußte ständig an ihre Mutter denken. Sie konnte sich jedoch nicht dazu durchringen, sie anzurufen, so gern sie auch mit ihr gesprochen hätte. Was gab es denn noch zu besprechen?

Nichts soll ja so wahrhaftig sein wie ein schwerer Kummer, und so kam es, daß die Tochter ihre Mutter eines Tages mit schlechtem Gewissen doch anrief. Sie rechnete damit, sie als Leidende vorzufinden, doch zu ihrer Verwunderung sprühte ihre Mutter geradezu vor Lebenslust.

Lag das an einem Wundermittel? Was war passiert?

»Du kommst mir so beschwingt vor!« rief die Tochter aus.

»Ich fühle mich auch großartig, weil ich ein Ziel vor Augen habe«, berichtete die Mutter.

»Was hast du dir denn vorgenommen?«

»Bevor ich hier gelandet bin, hat mir eine Freundin eine

Kiste mit Büchern geschickt. Es war auch ein Buch dabei, das für Notizen von Großmüttern gedacht ist. Auf extra dafür vorgesehenen Seiten kann man über die Eltern, die Kindheit, die eigenen Kinder, Enkel und Urenkel schreiben. Ich kann dir gar nicht sagen, wieviel Freude es mir macht, die guten Zeiten – und natürlich auch die schlechten – auf diese Weise noch einmal zu durchleben.«

»Du wirkst so zufrieden«, sagte die Tochter – mehr zu sich selbst als zu ihrer Mutter.

»Ich sinniere in aller Ruhe über die schönen und die weniger schönen Zeiten nach und bringe das alles zu Papier. Das ist herzerfrischend, denn wenn ich mein Leben so an mir vorbeiziehen lasse, haucht mir das wieder neues Leben ein und bestärkt mich in meinem Lebenswillen. Dieses Rekapitulieren zeigt mir auch, daß ich gar nicht sterben kann. Immer wenn ihr dieses Buch aufschlagt, habt ihr mich wieder leibhaftig vor Augen. Macht mich das nicht unsterblich? Diese Erkenntnis ist unsagbar tröstlich für eine Urgroßmutter.«

Böse oder lieb

Sobald Großmutter seine Stimme hörte, wußte sie, daß ihren geliebten kleinen Felix etwas bedrückte.

»Was quält dich denn, mein Junge?« erkundigte sie sich.

»Bald ist doch Weihnachten.«

»Ja, sicher.«

»Ich bin aber dieses Jahr nicht besonders brav gewesen.«

»Nein?«

»Nein, ich habe Mami nämlich nicht immer gefolgt.«

Schweigen.

»Und deshalb möchte ich dich um etwas bitten, Oma.«

»Ja?«

»Ich weiß, daß der Nikolaus mit Erwachsenen spricht. Deshalb wäre es schön, wenn du ihn anrufen und ihm sagen könntest, daß ich mir wirklich Mühe gegeben habe und immer lieb sein wollte. Richte ihm aus, daß ich die Spielsachen dringend brauche, die ich mir von ihm gewünscht habe.«

Die Großmutter hüllte sich zunächst einmal in Schweigen, weil sie nicht gleich wußte, wie sie sich nun verhalten sollte. Da fügte ihr Enkel noch hinzu: »Ach ja, noch was, Oma. Kannst du mir bitte alles schenken, was ich mir gewünscht habe, wenn der Nikolaus es mir nicht bringt?«

Die Großmutter lachte schallend. Nun war sie davon überzeugt, daß ihr Enkel immer alles bekommen würde, was er sich wünschte. Hatte er doch klar erkannt, wozu Großeltern da sind – um beim Nikolaus ein gutes Wort einzulegen.

*

Megan lebt im Süden. Weihnachten verbringt sie jedes Jahr bei ihren Großeltern im Norden.

»Was wünschst du dir denn zu Weihnachten?« fragte die Großmutter eines Tages, als sie anrief.

»Oma, du kannst mir doch jeden Wunsch erfüllen, stimmt's?«

»Ja, natürlich«, versicherte ihr die Großmutter.

»Was für ein Glück«, seufzte Megan erleichtert. »Dann sorg doch bitte dafür, daß es schneit, wenn ich bei euch bin.«

*

Richard fuhr mit seinem Großvater ins Einkaufszentrum, um den Nikolaus zu sehen.

»Du gehst jetzt einfach schnurstracks zu ihm und sprichst mit ihm über alles, was dir am Herzen liegt«, drängte der Opa.

»Nein.« Richard lehnte das kategorisch ab.

»Na komm schon«, drängte ihn der Großvater. »Der Nikolaus hat dich doch gern. Glaub mir, er hört dir zu.«

»Ich will ihm aber nicht sagen, was ich mir wünsche.« Richard ließ sich nicht umstimmen.

»Warum denn nicht?« wollte der Großvater wissen.

»Hör mal, Opa, voriges Jahr hat der Nikolaus alles richtig erraten. Das kann er doch dieses Jahr auch wieder tun.«

*

Eine Großmutter schenkte ihrer dreijährigen Enkelin zu Weihnachten eine Barbie-Puppe. Und was machte die Enkelin mit dieser Puppe? Sie zog sie natürlich erst einmal aus.

Die Mutter staunte nicht schlecht, als ihre Tochter mit Tränen in den Augen angerannt kam, um ihr die Puppe zu zeigen. »Mami«, rief sie völlig außer sich und wies auf Barbies Brüste, »mit meiner Puppe stimmt was nicht. Ihr wachsen ja vorne Ellenbogen.«

*

Adam hatte einen Golfschläger in der Hand und bemühte sich, den Ball zu treffen, doch es gelang ihm nicht.

Das animierte den Großvater schließlich zu den unsterblichen Worten: »Adam, behalt den Ball im Auge.«

Woraufhin sich der kleine Adam gehorsam hinkniete und sich den Ball aufs Auge drückte.

Früh übt sich

Mehr als alles andere auf der Welt wünschte sich Christopher eine Dinosauriersammlung, aber nachdem sich seine Eltern erkundigt und festgestellt hatten, daß es sie über hundert Dollar kosten würde, ihm seinen Wunschtraum zu erfüllen, machten sie ihm klar, daß er sich das aus dem Kopf schlagen müsse. Wenn er die Dinos wirklich wolle, müsse er sich was dazuverdienen.

Christopher bekam 25 Cent Taschengeld pro Woche. Nun zerbrach er sich den Kopf darüber, wie er dieses bißchen Geld vermehren konnte. Zu Besuch bei den Großeltern, hatte er einen Geistesblitz. Das Haus der Großeltern lag an einer Durchgangsstraße, auf der Tag für

Tag Hunderte von Autos vorbeisausten. Deshalb entschloß sich Chris zu etwas, womit sich Jungen und Mädchen oft ihr erstes Geld verdienen. Er eröffnete einen Limostand am Straßenrand und brachte seine Großmutter obendrein zum Plätzchenbacken.

Welcher schwitzende, durstige Autofahrer kann schon einem Jungen widerstehen, der erfrischende Limonade und selbstgebackene Kekse anzubieten hat?

Bis zum Ferienende hatte Christopher stolze 350 Dollar eingenommen. Er ging ins Spielwarengeschäft und kaufte sich die heißersehnten Dinosaurier. Als die Großmutter wissen wollte, was er mit dem restlichen Geld zu tun gedachte, wußte er das selbst noch nicht. Das wollte er sich erst noch überlegen.

Ein paar Monate später, als sie schon längst wieder zu Hause waren, sah die Mutter ihren Sohn in seinem besten Blazer und sauberen Jeans aus seinem Zimmer kommen. Sie wußte, daß ihr lieber kleiner Christopher niemals freiwillig ein Jackett, eine Krawatte oder Jeans ohne Risse getragen hätte, und schon gar nicht an einem Ferientag. Mama wurde mißtrauisch.

»Was hast du vor, Chris?« erkundigte sie sich mit einem Anflug mütterlicher Sorge. Benimmt sich ein Junge wider Erwarten besonders gesittet, gibt er ebenso Anlaß zur Sorge wie ein Kind, das mutwillig böse und widerspenstig ist.

»Ich gehe mit meinem Broker essen«, erklärte Christopher.

»Wie bitte?«

Christopher rief ihr seine angesparten 250 Dollar wieder ins Gedächtnis. Da er wußte, daß ihr Nachbar von Beruf Broker war, hatte er sich an ihn gewandt und ihn gefragt, wie er diese 250 Dollar am besten anlegen solle. Mr. Brown hatte dem Jungen vorgeschlagen, in die Stadt zu kommen, um zu lernen, worum es beim Geldinvestieren ging. Er hatte versprochen, ihn in die Materie einzuführen.

Die Mutter fuhr Chris in die Stadt, lieferte ihn bei Mr. Brown ab und murmelte: »Angefangen hat das alles mit einem kleinen Limostand vor Omas Haus. Wohin soll das noch führen?«

»Wahrscheinlich zu einem weiteren McDonald's«, versicherte ihr Mr. Brown.

*

Die meisten Kinder machen ihre ersten Erfahrungen als Unternehmer, indem sie als Pfadfinder Plätzchen oder andere Köstlichkeiten beim Kindergottesdienst oder auf Sportfesten verkaufen. Eine Großmutter erhielt eines Tages einen Anruf von ihrer Enkelin. Sie bat die Oma, ihr Schokoriegel zu kaufen. Die Großmutter war neugierig und wollte wissen: »Für welchen guten Zweck verkaufst du sie denn, Katrina?«

Eine Weile herrschte Schweigen, dann antwortete Katrina: »Weißt du, Oma, verschenken kann ich sie ja schließlich nicht.«

Alexander der Größte

Alexander war zu Besuch bei seinen Großeltern. Eines Tages fuhren sie mit dem Taxi, und als der Wagen an einer Ampel hielt, trat eine alte Pennerin ans Fenster, verzog den zahnlosen Mund zu einem Grinsen und streckte dem Taxifahrer auffordernd die Hand hin.

Zufällig hatte die Großmutter eine Münze in der Hand.

»Hier«, rief sie, kurbelte das Fenster runter und reichte der Pennerin das Geld.

Dankbar nahm es die alte Frau.

Alexander, der das alles schweigend mitangesehen hatte, wandte sich der alten, ungepflegten Frau zu und warf ihr eine Kußhand zu.

Das Taxi fuhr wieder an.

»Das hat sich im Bruchteil einer Sekunde abgespielt«, erzählte die Großmutter später. »Wie lange mag es wohl her sein, daß diese verwahrloste Alte so etwas erlebt hat?«

Und sie fragt sich und den Großvater: »Wie können wir nur verhindern, daß der Junge diese liebenswerte Spontaneität einbüßt?«

Tracy besuchte ihre Oma. Im Überschwang der Wiedersehensfreude riß Großmutter die Enkelin in die Arme, überschüttete sie regelrecht mit Küssen und fragte sie nach dieser stürmischen Begrüßung, was Großmütter ihre Enkelkinder immer fragen: »Gibst du Oma auch einen Kuß?«

»Oma, hören wir lieber damit auf«, wehrte die Dreijährige den Überfall ab. »Ich platze sonst von all den Küssen. Ich bin doch noch klein, für so viele Küsse ist kein Platz.«

*

Die Mutter gab sich Mühe, die Tochter in die Anfangsgründe guten Benehmens einzuführen. »Du mußt ›bitte‹ sagen«, belehrte sie die kleine Erika, als diese auf die Puppe wies, die sie gern haben wollte. »Und wenn man bekommen hat, was man wollte, sagt man ›danke‹. Das sind wahre Zauberworte«, erklärte die Mutter. »Von denen gibt es viele, man muß sie nur kennen.«

Erika nickte verständnisinnig.

Mami wollte sichergehen, daß Erika das auch begriffen hatte. Deshalb fühlte sie der Tochter nach einer Weile noch einmal auf den Zahn. »Na, wie heißt das erste Zauberwort? Was sagt man, wenn man etwas haben möchte?«

Unschuldsvoll sah Erika mit ihren großen blauen Augen zu ihr auf. »Oma«, sagte sie wie aus der Pistole geschossen.

*

Als Großmutter zu Besuch kam, kniff sie ihren geliebten zweijährigen Enkel zärtlich in die Backe. »Wieso hatte ausgerechnet ich das Glück, dich als Enkel zu bekommen?« fragte sie verschmitzt.

»Weiß nicht«, meinte der Kleine. »Wahrscheinlich warst du an dem Tag die erste in der langen Schlange.«

*

Meine Enkelin Molly kam übers Wochenende mit ihren Eltern und ihrem Bruder zu Besuch. Die Erwachsenen und auch Mollys großer Bruder Max sahen sich im Fernsehen die Übertragung eines US-Baseball-Meisterschaftsspiels an.

»Mir ist so langweilig«, verkündete Molly und trollte sich. Sie verzog sich nach oben, wo sie freiwillig ins Bett ging. Doch schon nach einer halben Stunde erschien sie wieder in der Bibliothek, ihre Decke im Schlepptau. »Ich kann nicht schlafen.«

Ich sah auf meine Armbanduhr. »Zehn Uhr«, sagte ich zu Molly. »Wenn du möchtest, gehe ich jetzt auch ins Bett, da kannst du bei mir schlafen.«

»Schöööön ...«, murmelte Molly schläfrig.

Am nächsten Morgen sagte Max kopfschüttelnd zu seiner Schwester. »Nicht zu glauben, Molly. Du hast dein Stofftier gestern abend gar nicht mit ins Bett genommen. Bisher konntest du doch ohne Kanga gar nicht einschlafen.«

Molly sah ihn verwundert an: »Bist du dumm, Max! Wenn ein Mensch im gleichen Bett schläft, brauche ich doch kein Kuscheltier.«

»Jahre liegen
zwischen euch und mir,
die ein Geheimnis sind,
das wir nicht teilen können.
Doch mit Liebe und Verständnis
lassen sie sich überbrücken,
so daß wir uns in Dingen nahe sind,
auf die es ankommt.«

Früher war es einfacher, Liebe und Verständnis aufzubringen, weil man nicht weit voneinander entfernt gewohnt hat. Die Großeltern lebten gleich um die Ecke, Tanten und Onkel im Nachbarort. Heute trennen uns nicht nur Städte, sondern zuweilen ganze Kontinente. Enkelkinder können Großeltern nicht einfach am Sonntagnachmittag besuchen. Vettern und Cousinen wachsen auf, ohne je miteinander gespielt zu haben. Wie können wir Großeltern den Enkelkindern nahestehen, wenn wir sie nur so selten sehen?

Früher haben die regelmäßigen Besuche des Nachwuchses bei Großmutter die Batterien aufgeladen. Heute geht es über den Äther – via Computer.

Immer mehr Rentner bedienen sich inzwischen dieser Technik. Sie haben bestimmte Codenamen, sind Mitglieder in Computerclubs und kommunizieren per Fax und Modem mit ihren Enkelkindern, der Mikrochip-Generation.

Eine New Yorker Großmutter kaufte vor kurzem den letzten Schrei: drei Videophone – zwei für ihre Kinder, die an der Westküste lebten, und eins für sich. Thanksgiving rückte heran. Die Familie feierte getrennt – sowohl an der West- als auch an der Ostküste. Bei den Thanksgiving-Festlichkeiten kam das Videophon zum Einsatz. Die Großeltern und deren Kinder präsentierten einander ihre Truthähne mit den verschiedenen Füllungen und die Vielfalt der Desserts. Doch daß der Tag allen immer in Erinnerung bleiben würde, lag nicht an den Tafelfreuden. Der Höhepunkt des Festessens war gekommen, als die siebenjährige Ariel allen ein schönes Thanksgiving wünschte. Zu Ehren dieser neuen Art der Kommunikation hatte sich die kleine Kalifornierin die Haare mit *Kool-Aid*, einer Limonade, blau gefärbt.

Seit die Fluggesellschaften Vielfliegern Sonderrabatte einräumen, bilden manche Familien eigene Flugclubs und sparen durch die gesammelten Flugkilometer eine Menge Geld. Die einzelnen Familienmitglieder nutzen das zur Familienzusammenführung.

Inzwischen gewähren auch die Hotels nicht nur Kernfamilien Sonderpreise – durch günstige Wochenpauschalen werden auch die Großeltern miteinbezogen.

Während die Großeltern im allgemeinen im Reisen geübt sind, stiften die fremdartigen Bezeichnungen bei den Enkelkindern oft Verwirrung, so zum Beispiel die Namen der Hotels. Auf der Fahrt durch Kanada hielt die Familie vor einem »Hotel Vier Jahreszeiten«. Die neunjährige Mandy lehnte das Hotel jedoch kategorisch ab. »Nein, hier will ich nicht übernachten. Ich kriege bestimmt den Winter aufgehalst, wo mir doch jetzt schon so kalt ist!«

Andere Großeltern wiederum halten die Verbindung auf eine andere ungewöhnliche Art und Weise aufrecht.

Eine Urgroßmutter mit einer ganzen Reihe von Enkelkindern sorgt dafür, daß für jeden Urenkel ein Tag pro Woche ein Festtag ist. Da erhält das Kind ein bescheidenes Geschenk. Die Eltern informieren sie über die jeweils aktuellen Interessen der Kinder, was sie gern lesen und womit sie am liebsten spielen.

Von einer Großmutter weiß ich, daß sie nicht nur den Geburtstagskindern unter ihren Enkeln an ihrem Ehrentag etwas schenkt. An dem Tag schreibt sie auch den Geschwistern und legt jedem einen Dollar in den Briefumschlag, damit sie sich nicht vernachlässigt fühlen.

Eine Großmutter schwört auf Videos. Sie nimmt Gespräche mit den Enkelkindern auf, singt ihnen Lieder vor oder erzählt ihnen Geschichten.

Eine andere schneidet Artikel über Tiere, Musik und Abenteuer aus Zeitungen und Zeitschriften aus, klebt sie auf, versieht sie mit Kommentaren und schickt sie ihren Enkelkindern.

Dann gibt es die Großmutter, die gern Briefe schreibt und im Anschluß an ihre gezielten Fragen gleich Platz für die Antwort freiläßt. Natürlich legt sie auch einen adressierten und frankierten Rückumschlag bei, um den Kindern jede Mühe zu ersparen.

Ihren Enkelkindern trotz der Entfernung wirklich gegenwärtig ist zweifellos jene Großmutter, die Kinderbücher auf Kassette spricht und dabei auch Bemerkungen wie »umblättern«, »Guckt mal, was der Hund für einen lustigen Schwanz hat«, »Wer sitzt da auf dem Baum?« macht. Kassetten und Bücher schickt sie dann gemeinsam an das Enkelkind und wird so zur perfekten Gutenachtgeschichten-Erzählerin.

Wenn sich Großmütter so rührend um die Enkelkinder kümmern, können diese leicht sechzehn Jahre alt werden, bevor ihnen bewußt wird, daß Oma all die Jahre gar nicht selbst da war.

Die Hauptaufgabe von Großeltern besteht darin, die Familie zusammenzuhalten und Traditionen zu pflegen. Wir lassen nichts unversucht, um die einzelnen Familienmitglieder einander näherzubringen. Die Welt ist furchterregend, doch wenn wir jede Gelegenheit nutzen, das Feuer unserer Liebe zum Lodern zu bringen, dann wird diese Liebe auch den Lebensweg der Generationen erhellen, die nach uns kommen. Unsere Söhne und Töchter wissen um diese tröstliche Liebe, die alle Eltern kennen – eine Liebe, die auf der Erkenntnis fußt, daß dem Leben Grenzen gesetzt sind, daß uns nur ein kurzer Augenblick zur Verfügung steht. Jetzt sind sich auch unsere Kinder darüber im klaren, daß sie die Zeit nach besten Kräften nutzen müssen, um an der die Zeit überdauernden einzigartigen Familiengeschichte mitzuwirken.

Jetzt endlich hören uns unsere Kinder zu. Was wir zu sagen haben, ödet sie nicht mehr an, und sie ärgern sich nicht mehr darüber. Ihnen geht allmählich auf, daß sie später vielleicht einmal auf unser Überlebenshandbuch zurückgreifen müssen.

Wir sind uns der Tatsache bewußt, daß das Erwachsenwerden ein schmerzhafter Prozeß ist, doch wir Großeltern können Balsam für die Seele sein, wenn die Gefühle verletzt worden sind oder der Stolz einen Knacks bekommen hat.

Wir können ein Quell des Lebens sein – oft ohne überhaupt zu ahnen, daß wir soviel Kraft besitzen und weitergeben können.

Wir können der rettende Leuchtturm in der Brandung sein, ohne zu wissen, daß unser Licht leuchtet.

Und so sorgen wir für ein intaktes Familienleben in einem Zeitalter, in dem die Ehepartner oft beide berufstätig, arbeitslos oder geschieden sind. Auch Krankheiten, Behinderungen und Kummer ändern nichts daran. Unsere wahre Begabung als Großeltern liegt darin, erfolgreich gegen die Widrigkeiten des Lebens anzugehen und jeglichem Unvermögen ein Schnippchen zu schlagen.

Haarsträubende Ideen

»Ich habe nur mal angerufen, um zu hören, wie's euch geht, aber du bist ja völlig aus dem Häuschen. Fehlt den Kindern was?«

»Nein, die sind kerngesund und in der Schule. Sie fühlen sich pudelwohl, aber ich nicht, Mami. Ich bin völlig durcheinander.«

»Was ist denn passiert?«

»Victoria tötet mir den letzten Nerv. Meine entzückende Zwölfjährige scheint zu glauben, daß sie schon siebenundzwanzig ist.«

»Was hat sie denn angestellt?«

»Angestellt hat sie noch nichts, doch sie fragt mich allen Ernstes, warum sie nicht auf Parties mit Jungen und Mädchen gehen darf, wenn die Eltern der Gastgeber nicht zu Hause sind. Ständig liegt sie mir damit in den Ohren und behauptet, ich hätte kein Vertrauen zu ihr.«

»Na so was! Davon haben mir auch die Ohren geklungen, als du in Victorias Alter warst.«

»Aber Mami, da war ich doch schon dreizehn.«

»Und sonst hast du keine Sorgen?«

»Doch. Gestern hat mir Victoria eröffnet, daß sie sich den Kopf kahlscheren und einen Stecker in die Nase friemeln will.«

»Ich kann mich noch gut daran erinnern, wie du dir die Haare orange gefärbt hast und dir die Ohrläppchen hast durchstechen lassen.«

»Aber da war ich doch schon vierzehn.«

»Ach so, ja. Richtig.«

»Victoria erwartet von mir, daß ich ihr mein Auto über-

lasse. Immer wieder muß ich sie daran erinnern, daß sie noch nicht selbst fahren darf.«

»Das haben wir dir auch immer wieder klargemacht. Trotzdem bist du in der Auffahrt rumgekurvt.«

»Das ist ja wohl ein kleiner Unterschied. Da war ich fünfzehn – fast schon sechzehn.«

»Aha.«

»Aber hör dir das mal an: Victoria hat schon einen festen Freund! Ich weiß wirklich nicht, warum die Kinder heutzutage nicht auf Parties gehen können, wo die Eltern ein Auge auf alles haben, und warum sie sich nicht mit ihrer Clique begnügen können, ohne sich gleich zu paaren!«

Großmutter hüllte sich in Schweigen.

»Nun sag schon, Mami, was hältst du denn von alledem?«

»Da kann ich nur eins sagen: Willkommen im Club. Warum soll's dir besser gehen als mir in deinem Alter?«

Ein Fremder an der Tür

Es war abends, und im Wohnzimmer prasselte das Kaminfeuer. Draußen war es kalt und ungemütlich, es hatte den ganzen Tag geregnet. Wenn auch das Wetter nicht den Erwartungen entsprochen hatte, so war das Wochenende auf dem Lande im Kreis der Familie insgesamt doch sehr schön gewesen.

Die fünf Enkelkinder – abgefüttert, aber noch hellwach – saßen in der Bibliothek und sahen sich einen Fernsehfilm an. Die beiden Elternpaare und ich bereiteten in der Küche unter Schwatzen und Gelächter das Abendessen für die Erwachsenen zu. Das eine Elternpaar bereitete Hähnchen vor, das andere die Beilagen. Als ich Platten und Schüsseln aus dem Schrank nahm, fühlte ich mich rundum zufrieden – wie es Müttern geht, die wissen, wo sich ihre Kinder aufhalten – nämlich da, wo ihnen nichts zustoßen kann.

Plötzlich kam Max in die Küche gestürzt. »Am Fenster steht ein Mann mit einer Taschenlampe«, sagte er mit vor Schreck weit aufgerissenen Augen.

»Bist du sicher?« fragte seine Mutter. Wenn Sechsjährige ins Spiel vertieft sind, können sie manchmal nicht zwischen Phantasie und Wirklichkeit unterscheiden.

Die zehnjährige Marisa folgte Max auf dem Fuß. »Ja, draußen ist wirklich ein Mann«, bestätigte sie. »Wir haben ihn alle gesehen. Er guckt zum Fenster rein und beobachtet uns.«

Einen Augenblick waren wir alle starr vor Schreck, doch dann eilten alle – Kinder und Erwachsene – wie gejagt ins Wohnzimmer. Im sintflutartigen Regen stand ein

Mann mit einem Schirm. Ein Mann so um die vierzig, seine Haare lichteten sich schon. Eigentlich ein Durchschnittsmensch.

»Mach bloß die Tür nicht auf!« warnte einer der Väter mit finsterer Miene. Deshalb winkte ich den Mann ans Fenster neben der Haustür.

»Was wollen Sie?«

»Mir ist da drüben auf der Straße gerade ein Reifen geplatzt«, erklärte er.

»Frag ihn, auf welcher Straße«, drängte mich der andere Vater.

»Das muß wohl die Fernstraße 174 sein«, sagte der Fremde.

Ich wandte mich meiner Familie zu, die dicht hinter mir stand. »Eine Fernstraße 174 gibt es hier weit und breit nicht«, erklärte ich und versuchte meiner Stimme einen festen Klang zu geben.

»Mein kleiner Junge ist bei mir«, rief der Mann durchs Fenster. »Wir würden gern von Ihrem Haus aus telefonieren.« Er schob einen etwa Zehnjährigen ans Fenster, damit ich ihn sehen konnte.

Ich machte Anstalten, die Tür zu öffnen.

»Nicht!« riefen die vier Eltern wie aus einem Munde. »Du darfst niemanden hereinlassen, den du nicht kennst.«

»Sag ihm, daß du für ihn anrufst«, riet mir eine der Mütter.

»Frag ihn, wo sein Wagen steht, und versprich ihm, die Polizei zu rufen«, assistierte deren Ehemann.

Und so hielten wir es dann auch.

Wir überließen den Mann mit Regenschirm und den Jungen ihrem Schicksal. Sie konnten zu ihrem Wagen zurückgehen oder auch woanders klingeln. Nachdenklich gingen wir Erwachsenen wieder in die Küche.

»Ich hätte ihn reinlassen sollen«, sagte ich. »Bei diesem Wolkenbruch kann man doch niemanden vor der Tür stehenlassen.«

»Aber unseres ist nicht das erste Haus, an dem er vorbeikommt, wenn er tatsächlich auf der Hauptstraße eine Reifenpanne hatte«, meinte einer der jungen Männer. »Wie ist er überhaupt auf diese schmale gottverlassene Straße verfallen? Warum ist er nicht auf der Hauptstraße geblieben?«

»Wir konnten nicht zulassen, daß du ihm aufmachst«, gab mir eine der Mütter zu verstehen. »Schließlich haben wir fünf kleine Kinder, und die müssen lernen, unter keinen Umständen einen Fremden ins Haus zu lassen. Das haben wir ihnen gerade demonstriert. Sie haben mit eigenen Augen gesehen, daß man auch helfen kann, ohne sich in Gefahr zu begeben.«

All das spielte sich beileibe nicht dort ab, wo Gewalttaten und Überfälle an der Tagesordnung sind, mit denen wir in den Städten leben müssen. Aber seitdem habe ich immer wieder von diesem Vorfall erzählt und meine Zuhörer gefragt, wie sie sich in so einem Fall verhalten würden. Leute, die dem Alter nach Großeltern sein konnten, plädierten ausnahmslos dafür, die Tür zu öffnen und den Fremden einzulassen. Eltern waren jedoch strikt dagegen, Fremden die Tür aufzumachen.

Manchmal frage ich mich, was wohl aus dem Mann und seinem Sohn geworden ist.

Ob die Polizei sie in ihrem Wagen gefunden hat?

Hatten sie wirklich eine Reifenpanne?

Hat ihnen einer unserer Nachbarn Glauben geschenkt und sie ins Haus gelassen?

Am meisten bedrückt mich an der Geschichte, daß wir in einer Welt leben, in der wir unserer instinktiven

Hilfsbereitschaft nicht mehr nachgeben, weil wir für unser Leben und das unserer Lieben fürchten.

Wenn es soweit gekommen ist, daß wir Hilfesuchenden kein Mitgefühl entgegenbringen und ihnen die Tür weisen, statt ihnen zu helfen, müssen Großeltern und Eltern gemeinsam den Beweis dafür antreten, daß es doch noch so etwas wie Nächstenliebe gibt.

Warum hast du deine Großeltern so lieb?

Eine Großmutter ging zum regelmäßig stattfindenden Großelterntag in die Schule. Da mußte jedes Kind vortreten und auf die Frage antworten: »Warum hast du deine Großeltern so lieb?«

Die Gründe lagen auf der Hand. »Weil sie mit mir essen gehen«, »Weil ich bei ihnen ganz laut Klavier spielen darf«, »Weil sie mir schöne Sachen kaufen«, »Weil sie mich verwöhnen«, »Weil ich bei ihnen ganz lange aufbleiben darf« und dergleichen mehr.

Schließlich kam die kleine Leah an die Reihe. Sie trat vor ihre Klassenkameraden. »Ich habe meine Oma lieb, weil sie mich mit zur Arbeit nimmt. Sie hat zwei schöne Geschäfte, und sie ist die Chefin. Ich bin furchtbar stolz auf sie. Wenn ich groß bin, werde ich Aufsichtsratsvorsitzende, dann haben wir bald noch viel mehr Geschäfte.«

Achtung – Leah kommt!

Wo ist Opa?

Ich stand an der Tür, als sie die Treppe heraufgesaust kamen, seine und meine Enkelkinder. Ausgelassen kamen sie dicht an dicht herangeprescht. Sie nennen sich Vettern und Cousinen, und das sind sie auch. Genaugenommen sind sie zwar nicht miteinander verwandt, aber Lee und ich haben dafür gesorgt, daß sie zusammengehören. Durch unsere Heirat sind sie Vettern und Cousinen geworden, gehören jetzt ein und derselben Familie an.

Mit Tränen in den Augen sehe ich sie kommen. Ich weiß, daß dieses Zusammengehörigkeitsgefühl bei ihnen nie versiegen wird.

Lee ist schon seit Jahren tot. Die kleine Sarah, die ein paar Wochen vor seinem Ableben zur Welt kam und die er nur ein einziges Mal im Arm gehalten hat, geht jetzt schon in den Kindergarten.

Lee hat nicht mehr miterlebt, wie großartig sich seine Kinder entwickelt haben. Er ist gestorben, bevor sie ihm beweisen konnten, was in ihnen steckt. So weiß er nicht, daß sein Sohn Zev inzwischen auf eigenen Füßen steht und seine Tochter Carol ihr ihm gegebenes Versprechen wahrgemacht hat und wieder die Schulbank drückt, um ihr Diplom zu machen.

Er hat auch das erste Buch, das meine Tochter Kathy schrieb, nicht mehr erlebt und mit Henry, ihrem Mann, nicht mehr über Politik diskutieren und Erinnerungen an Philadelphia austauschen können.

Denise' und Robs drittes Kind hat er niemals gesehen.

Aber wenn Lee auch nicht mehr am Leben ist, begleitet

er uns doch ständig. Wir bringen Toasts auf ihn aus und sprechen von ihm.

Und zwar in der Gegenwart. Wir kochen nach seinen Rezepten, erzählen seine Geschichten weiter und denken an seine Freunde. Als er noch am Leben war, haben wir das Thanksgiving-Festmahl immer gemeinsam gekocht. Es war jedesmal ein großes Ereignis, weil an diesem Tag die gesamte Familie zusammenzukommen pflegte. Einmal hat mich Lee eindringlich gebeten: »Du mußt mir versprechen, Thanksgiving immer mit der ganzen Familie zu feiern, ganz gleich, was aus mir wird.«

Ich habe mein Versprechen gehalten.

Aber ich sorge nicht nur einmal pro Jahr für den Zusammenhalt der Familie, sondern Tag für Tag.

Wir alle arbeiten daran.

Denn Liebe und Loyalität haben nichts mit Familiensilber gemein. Unsere Emotionen können wir nicht einmal pro Jahr auspacken, um sie aufzupolieren.

Das Zusammengehörigkeitsgefühl muß man tagtäglich untermauern.

Die meisten Enkelkinder gelangen schon nach dem ersten Blick auf uns zu der Überzeugung, daß wir unendlich viele Jahre auf dem Buckel haben und irgendwo zwischen der Zeit der Neandertaler und dem Bürgerkrieg auf die Welt gekommen sein müssen.

So fragte ein Enkel seine Großmutter eines Tages beim Essen, ob sie mit Abraham Lincoln zur Schule gegangen sei.

Die Großmutter verneinte das alles andere als erfreut. »Wie kommst du denn darauf?« wollte sie wissen.

»Weil du so viele Leute gekannt hast, die schon tot sind«, lautete die Antwort.

*

Oft fällt es Enkelkindern schwer, mit der Zeitspanne klarzukommen, die zwischen den einzelnen Generationen liegt. Aber auch Großeltern haben da zuweilen ihre Schwierigkeiten.

Als Matthew seine Großmutter besuchte, erzählte sie ihm von der Zeit, als sie noch ein kleines Mädchen war. »Der Eismann kam mit einem Lastwagen angefahren, und meine Mutter steckte immer eine Karte ins Fenster, auf der stand, wieviel Pfund Eis wir brauchten. Am schönsten fanden wir es«, fuhr die Oma fort, »wenn der Eismann vor unserem Haus hielt und das entsprechende Stück Eis hier abschlug. Da sind wir Kinder hingerannt und haben die Splitter aufgesammelt, haben sie in den Mund gesteckt und schmelzen lassen.«

Matthew hatte aufmerksam zugehört. »Seid ihr arm gewesen, Oma?« fragte er.

»Nein, das kann man eigentlich nicht sagen«, erwiderte die Großmutter.

»Ach so.« Matthew nickte verständnisinnig. »Damals war das Geld noch nicht erfunden.«

*

Als die Neunjährige ihre Großmutter besuchte, bat sie sie, ein neues Computerspiel mit ihr zu spielen.

»Es tut mir leid«, entschuldigte sich die Großmutter, »aber ich weiß nicht, wie man mit Computern umgeht.«

»Ach, Oma«, seufzte die Neunjährige, »das lernt man doch schon in der 2. Klasse!«

Die Dreijährige erschien im Arbeitszimmer, gerade als die Großmutter ein Foto ansah, auf dem sie selbst zu sehen war, wie sie ein Pferd am Halfter führte. Auf diesem Foto war die Großmutter so alt wie die Mutter des kleinen Mädchens heute.

»Omi«, fragte das kleine Mädchen, »wem gehört denn dieses Pferd, das Mami da hält?«

»Das ist nicht deine Mami«, erklärte die Großmutter geduldig. »Das bin ich, deine Omi.«

Der Kleinen verschlug es einen Augenblick die Sprache, dann fragte sie mit Piepsstimmchen: »Wann hast du dich denn in dieses andere Mädchen verwandelt?«

Wissen Sie noch, wie es war, als Ihre Kinder unter einem Dach mit Ihnen wohnten? Als sich die Geschwister unaufhörlich Wortgefechte lieferten, die in der Drohung gipfelten: »Wenn du das noch einmal machst, sag' ich es *ihr*!«

Wem wohl?

Der fürchterlichen Mutter, wem denn sonst!

Doch wenn unsere Kinder flügge werden und das Haus endgültig verlassen, geschieht oft ein Wunder. Sie gelangen nämlich zu der Ansicht, daß ihre Geschwister sich gebessert haben.

Pollys Tochter rief vor ein paar Wochen an, um ihrer Mutter mitzuteilen, sie und ihr Mann hätten beschlossen, nicht bei den Eltern zu übernachten, wenn sie diese besuchen kamen. Sie wollten fünfzig Meilen weiter fahren, um bei der Schwester auf dem durchgelegenen Sofa zu übernachten.

»Ich hätte die Kinder ja so gern dabehalten«, gestand Polly, »aber wenn Geschwister das Bedürfnis haben, mehr Zeit miteinander zu verbringen, machen sie den Eltern damit eine noch viel größere Freude, als wenn sie sich den Eltern selbst zuwenden würden. Ich habe keine Geschwister und habe mir immer gedacht, wie schön es wäre, wenn ich eine ältere Schwester hätte. Als ich dann älter wurde, habe ich gemerkt, daß sich Geschwister nicht immer gut verstehen. Da habe ich mir vorgenommen, dafür zu sorgen, daß unsere beiden Töchter immer zusammenhalten. Wir haben viel gemeinsam unternommen – die Feiertage und Ferien miteinander verbracht und uns so manches Extravergnügen gegönnt. Immer habe ich mich bemüht, das Zusammengehörigkeitsgefühl bei meinen Töchtern zu stärken. Die Mühe hat sich offenbar gelohnt, aber das war auch ein hartes Stück Arbeit. Junge, Junge, manchmal dachte ich wirklich, daß das alles für die Katz sei.

Ich darf gar nicht daran denken, daß sie sich um jeden Mist gestritten haben, ganz gleich ob es nun ums Geschirrabtrocknen, um Kleiderfragen, um Geld oder um irgendwelche vermeintlichen Bevorzugungen ging ...

Wenn eine Tochter also plötzlich verkündet, daß sie lieber fünfzig Meilen weiter fährt und auf einem unbequemen Sofa schläft, als daheim bei Mami jeden Komfort zu genießen, darf ich mich wirklich nicht beklagen. Aber als Kinder waren sie die reinsten Teufel, das kann ich Ihnen sagen!«

Vielleicht rührt es daher, daß wir Großeltern nur die Achseln zucken, wenn wir mitansehen müssen, wie sich unsere Enkelkinder wegen irgendwelcher Spielsachen oder Vergünstigungen streiten, wie sie sich anschreien, mit den Füßen aufstampfen und sich in die Haare geraten, weil es ihnen nicht paßt, wie sich die Geschwister aufführen.

Wir lachen sogar über den siebenjährigen Freddy, der seiner Schwester einen Zettel an die Tür pappt, auf dem steht: »Liebe Felicitas, du kotzt mich an. Kuß, Freddy«, wenn er sich über sie ärgert und nicht will, daß sie in sein Zimmer kommt.

Wir können darüber lachen, weil wir wissen, daß das nur eine vorübergehende Phase ist. Mit den Jahren tun sich die Türen auf, und Umarmungen treten an die Stelle solcher haßerfüllten Wutausbrüche.

Wie sich Geschwister als Erwachsene verstehen, hängt sehr von ihrer Kindheit ab. Viele Kinder kommen später als Erwachsene glänzend miteinander aus – auch wenn sie sich früher ständig in die Haare geraten sind.

So sieht zumindest unser Wunschtraum aus.

Tradition ist einfach eine schicke Bezeichnung für Gewohnheit.

Trotzdem ist die Tradition das Mehl in der Mehlschwitze, das Salz in der Suppe und der Mörtel, der das Haus zusammenhält.

Noch nie ist die Tradition so wichtig gewesen wie in unserer hektischen Zeit. Heutzutage sind meistens beide Eltern berufstätig. Wer hält da die Tradition hoch und sorgt dafür, daß sie zum Tragen kommt? Ja, ganz recht – die Großmutter.

Festtage sind natürlich Tradition, aber gäbe es Weihnachten und Thanksgiving noch nicht, würden irgendwelche Großeltern beides garantiert erfinden. Aber von den im Kalender verzeichneten Feiertagen einmal abgesehen, gibt es noch die von Großeltern ins Leben gerufenen Festtage.

Eine fortschrittliche Großmutter hat sich vorgenommen, mit jedem ihrer Enkelkinder einmal in die Bundeshauptstadt zu reisen, sobald es zwölf Jahre alt geworden ist. Auf die Frage, warum ausgerechnet mit zwölf Jahren, antwortete sie: »Weil sie mit zwölf schon alt genug sind, um diese Reise niemals zu vergessen. Wären sie älter als zwölf, müßte ich mich mit ihren Hormonen auseinandersetzen – was ich mir nicht antun will.«

*

Zwei verwitwete Großmütter mit vierjährigen Enkelsöhnen dachten sich, es müßte schön sein, von Zeit zu Zeit einen gemeinsamen Großmutter-Enkeltag zu begehen, zumal keine von ihnen einen männlichen Ansprechpartner bieten konnte. Die Großmütter, um Ideen nie verlegen, arbeiteten daher Tagestouren aus, wie sie vierjährigen Jungen gefallen: Kindertheater, Kinderkino, Museum, Zoo, Schwimmunterricht und dergleichen mehr. Sie setzten sich zu viert zusammen und arbeiteten das alles aus. »Wir haben bei unseren Abenteuern selbst Regie geführt«, erzählte eine der beiden Großmütter. Als die Jungen älter waren, reisten die Großmütter mit ihnen zu historischen Stätten, wie sie für Acht- bis Zehnjährige von Interesse sind. Lagen sie zu weit entfernt, wurde auch dort übernachtet. Inzwischen sind die Jungen Teens, und die Großmütter sind schon dabei, Reisepläne auszuarbeiten. Diesmal soll es nach Europa gehen, das die Enkel noch nicht kennen. Sie wollen den Winter über Reisekataloge wälzen und die Reiseroute gemeinsam ausarbeiten. »Es ist eine einmalige Tradition«, gesteht eine der Großmütter ein, »aber sobald man Witwe ist, muß man sich damit abfinden, daß es im wahren Leben nicht zugeht wie bei den Waltons. Man ist also gezwungen, alles selbst auf die Beine zu stellen.«

*

Ein Großelternpaar hat drei Enkelsöhne im Vorschulalter. Die dürfen von Samstag auf Sonntag immer bei den Großeltern übernachten. Am Sonntagmorgen klettern die Jungen regelmäßig zu den Großeltern ins Bett und spielen Sandwich.

»Die Jungen können Roastbeef, Käse oder Truthahn sein – alles was sie wollen«, erklärt die Großmutter. »Sie müssen sagen, was jeweils auf das Sandwich soll. Wenn sie

Senf sagen, kitzelt der Opa sie, bei Ketchup werden sie von der Großmutter gekitzelt. Am besten ist Krautsalat, da werden sie von Opa *und* Oma gekitzelt. Für die Jungen ist es das Höchste, Sandwich mit uns zu spielen. Aber wir haben uns schon gedacht, daß ihnen das Freude machen würde. Es war auch das Lieblingsspiel ihres Vaters.«

*

In unserer Familie ist es Tradition, an einem Wochenende im August die Geburtstage der vier Enkelinnen zu feiern, die in diesem Monat im Abstand von zwei Jahren geboren wurden. Mit Schlafsäcken, Klappbetten und einem Bettchen für das Kleinste haben wir uns alljährlich in unserem Haus auf dem Lande versammelt. Inzwischen sind die Kinder größer und nächtigen lieber in der Scheune. Sie hängen nun Schilder an das Tor, die Erwachsenen den Zutritt verbieten. Offenbar entwickeln Kinder sehr früh ein Zusammengehörigkeitsgefühl.

Erwachsene
draussen
BLEIBEN!

Goldene Hochzeit

Vier Ehepaare spielen schon seit fünfzig Jahren zusammen Bridge. Voriges Jahr feierte eins der Paare goldene Hochzeit. Tagsüber fand ein Tennisturnier statt, bei dem jeder gegen jeden antrat, und abends wurde Bridge gespielt.

Bridge hätten sie wohl gespielt wie immer – nicht besser und nicht schlechter, konstatierte ein Freund. Aber wie hatten sie das Tennisspielen überstanden? Wie konnten Leute von über siebzig Jahren nur einen Satz nach dem anderen durchstehen?

»Ach, es hat ganz gut geklappt«, berichtete einer der Großväter. »Glaubt nicht etwa, daß wir nur gegeneinander angetreten sind. Tennis ist ein Sport für alle Altersgruppen. Vor ein paar Wochen habe ich ein Einzel mit meiner Enkelin gespielt. Die ist ein Teen. Trotzdem habe ich sie in drei aufeinanderfolgenden Sätzen geschlagen. Als wir danach vom Platz gegangen sind, hat sie ungläubig den Kopf geschüttelt. ›Ich verstehe das nicht, Opa‹, sagte sie. ›Ich habe schon bessere Spieler als dich geschlagen.‹«

*

Katies Eltern sind beide zum zweiten Mal verheiratet. Eines Tages erzählte ihr der Großvater, daß er schon fast fünfzig Jahre mit Großmutter verheiratet sei.

Verwundert schüttelte das Kind den Kopf. »Mensch, Opa!« rief Katie aus. »Soll das etwa heißen, daß du nie eine andere Frau gehabt hast?«

*

Als Opa aus dem Haus ging, gab er Oma und dem vierjährigen Enkel John, der zu Besuch war, einen Abschiedskuß.

Nachdem der Großvater gegangen war, wandte sich der kleine John an seine Großmutter. »Oma, ich möchte dich was fragen«, sagte er ernst.

»Was möchtest du denn wissen?«

»Ich habe gerade gesehen, wie Opa dir einen Kuß gegeben hat. Sag mal, seid ihr überhaupt verheiratet?«

GOA
(Genehmigt oder abgelehnt)

Als Annemarie ihre Großmutter besuchte, traf sie deren Freund Leonard, der sonst immer dagewesen war, zu ihrer Verwunderung nicht an. Doch Annemarie verkniff sich ihre Fragen. Sie ging schnurstracks ins Wohnzimmer und spielte Nintendo.

Bald kam die Großmutter mit einem Mann herein, den Annemarie noch nie gesehen hatte. »Das ist mein Freund Gregory«, stellte sie ihn ihrer Enkelin vor. Annemarie blickte nur kurz ungehalten auf und knurrte: »Tag!« Dann wandte sie sich wieder ihrem Spiel zu.

Etwa eine Stunde später winkte Annemarie der Großmutter zum Abschied. Kaum war sie zu Hause, läutete das Telefon. »Warum warst du denn meinem Freund Gregory gegenüber so kurz angebunden?« fragte die Großmutter. »Ich habe ihm so viel von dir erzählt, daß er dich unbedingt kennenlernen wollte.«

»Hör mal, Oma«, wies die Achtjährige die Großmutter zurecht. »Ich habe Leonard sehr gern. Er hat mir von Anfang an gefallen. Stell mir also bitte keinen neuen Freund mehr vor.«

Als die Großmutter die Geschichte ein paar Wochen später einer anderen Großmutter erzählte, die auch männliche Freunde hatte, seufzte sie: »Die Kleine schafft es noch, daß ich mich wieder Leonard zuwende.«

*

Die achtjährige Samantha blätterte in der Zeitschrift ›Seventeen‹. »Mami«, fragte sie ihre Mutter, »wie ist es eigentlich, wenn man mit Männern ausgeht?«

Die Mutter sah sie achselzuckend an. »Das darfst du mich nicht fragen, das habe ich längst vergessen. Da fragst du besser deine Omas, die verabreden sich noch mit Männern.«

*

Die Großmutter saß mit ihrer achtjährigen Enkelin in einem Restaurant beim Mittagessen. Ihr fiel auf, daß das Kind ungewöhnlich schweigsam war.

Schließlich sah Jill ihre Großmutter über den Amarena-Eisbecher hinweg an und fragte: »Weißt du schon das Neueste, Oma?«

»Was denn, Liebchen?«

»Opa will mit der Frau zusammenziehen, mit der er schon eine Weile geht.«

»Ja, ich weiß«, antwortete die Großmutter leichthin. »Du darfst nicht vergessen, daß Opa und ich schon jahrelang geschieden sind. Ich gönne ihm sein Glück, und er möchte auch, daß ich glücklich bin. Die Frau ist doch sehr nett und wird ihn sicher glücklich machen.«

»Aber Oma, was sagst du denn dazu, daß sie zusammenziehen wollen?«

»Wenn sie sich lieben, ist doch nichts dagegen einzuwenden«, meinte die durch und durch moderne Oma.

Da legte die Enkelin den Löffel weg. »Du findest das normal? *Ich* bin schockiert!«

»Schockiert? Aber warum denn, Jill? Wenn sich zwei Menschen lieben, mußt du doch einsehen, daß …«

Jill stützte die Ellenbogen auf dem Tisch auf und sah die Großmutter streng an. »Oma, begreifst du das denn nicht? Opa geht uns Kindern mit sehr schlechtem Beispiel voran.«

Das ist nicht mein Opa, sondern …

Und nun zu Omas liebem Freund und Opas entzückender Freundin! Diese Freunde beziehungsweise Freundinnen sind für alle Eltern ein Problem. Wie sollen die Enkelkinder die Lebensgefährten der Großeltern bloß nennen?

Paul, der Freund einer Großmutter, wurde von den Enkelkindern einfach Großpaul genannt.

Eine Oma schlug vor, ihren Partner selbst zu konsultieren, bevor man ihn mit irgendeinem Namen belegte. Ihr eigener Vorschlag lautete Fo-Pa, aber nur, wenn der fragliche Mann darin keinen *Fauxpas* sehen würde.

Meine Freundin Eva wird Vava genannt. Das gefiel eigentlich allen und kam auf, weil ein kleiner Junge Eva nicht aussprechen konnte.

Sind die beiden erst einmal verheiratet, ist die Sache nicht mehr so problematisch.

Der Vater einer Frau in Florida heiratete eine Frau namens Dora. Prompt nannte eines der Enkelkinder sie Großdora.

In einer anderen Familie wurde ein Enkelkind dazu animiert, Opas Freundin »Gute Fee« zu nennen, da sie die zweite Taufpatin war. Aber die Enkelkinder nannten sie schon bald Oma. Wenn das kein Beweis dafür ist, daß sich gute Werke auszahlen!

Stiefenkel?

Es war weder für Migs noch für Bill die erste Ehe. Daher hingen sie nicht nur alten Träumen nach, als sie sich zusammentaten, sie hatten auch schon erwachsene Kinder, die ihr eigenes Leben lebten.

Migs verstand sich sehr gut mit Bills Sohn. Fast könnte man sagen, sie waren sich herzlich zugetan. Trotzdem betrachtete sie ihn in erster Linie als Bills Sohn. Eines Abends rief dieser Sohn an, um Vater und Stiefmutter zum Abendessen einzuladen. Bei dieser Gelegenheit erfuhr Bill, daß sein Sohn und dessen Frau ihn bald zum Großvater und Migs zur Großmutter machen würden.

Migs knabberte an ihrem Salat herum und ließ sich das Wort »Großmutter« durch den Kopf gehen, doch sie empfand nichts dabei.

Dann brachte die angehende Mutter ein Ultraschallbild an, auf dem die Umrisse des noch ungeborenen Kindes zu sehen waren. »Da wußte ich, daß es um mich geschehen war«, gab Migs unumwunden zu. »Mir kam in diesem Augenblick auch zu Bewußtsein, daß die Mutter dieser jungen Frau nicht mehr am Leben war und daß sie sich von mir erhoffte, ich würde diese Rolle übernehmen.«

Als Benjamin zur Welt kam, flogen Migs und Bill mit der nächsten Maschine hin.

»Seitdem sind wir kaum zu bremsen«, gab Migs zu. »Ich bin hingerissen und völlig vernarrt in Benjamin. Sein Großvater natürlich auch. Wenn wir auf Reisen sind, schicke ich ihm von überallher Ansichtskarten, auch Bubble gum, Sticker oder Schokolade. Ich weiß, daß er darauf ganz versessen ist, und schmeichle mich so bei ihm ein. Da

kenne ich keine Skrupel. Mir ist jedes Mittel recht, um seine Aufmerksamkeit zu erringen und mich bei ihm beliebt zu machen. Zu seinem ersten Geburtstag haben wir ihm eine Geburtstagsparty ausgerichtet und die gesamte Familie eingeladen, einschließlich meiner Eltern, die den Weg bei einem schrecklichen Gewitter in einem winzigen Flugzeug auf sich nahmen. Aber um nichts in der Welt hätten sie bei der Geburtstagsfeier fehlen wollen. Es ist nicht etwa so, daß wir dieses Kind romantisch verklärt sehen. Romantikern fehlt der Bezug zur Wirklichkeit. Wir sind durchaus nicht abgehoben oder weltfremd, aber Benjamin ist wirklich ein ganz besonderes Kind. Wir lieben ihn von ganzem Herzen und möchten ihm das auch zeigen. Meine eigene Großmutter hat einen so tiefen Eindruck bei mir hinterlassen, daß ich sie nie vergessen werde, und ich hoffe inständig, daß mir dasselbe in dieser Familie gelingt. Ich würde übrigens heutige Großmütter so definieren: Frauen im Flugzeug, die mehr Einkaufstüten als Gepäck mit sich herumschleppen.

Noch etwas: Nach der Geburt von Benjamin haben auch mein Sohn und seine Frau ein Kind bekommen. Natürlich haben wir dieses kluge, hochbegabte kleine Mädchen auch ins Herz geschlossen. Wir lieben unsere kleine Enkelin sehr. Aber Benjamin war unser erster Enkel, und Sie wissen ja, wie sich Großeltern mit Erstlingen immer haben.

Wie wir uns als Stiefgroßeltern fühlen? So ein Blödsinn. Das Wort ›Stief-‹ gibt's für Großeltern überhaupt nicht. Unsere Liebe ist an keine Bedingungen geknüpft.«

Und doch Großmutter!

Sie folgte ihrer Berufung und beschloß, ihr Leben Gott zu weihen. Doch als Patricia McCarthy Nonne werden und ihr Ordensgelübde ablegen sollte, erkannte sie, daß sie nicht ins Kloster gehen konnte, weil ihr das weltliche Leben zuviel bedeutete.

Also kehrte sie in ihre Heimatstadt New York zurück, obwohl ihre Lieben inzwischen in alle Winde verstreut waren. Pattis Bruder lebte in New Orleans, und auch ihre Eltern hatten New York den Rücken gekehrt. Trotzdem fühlte sich Patricia in dieser Stadt zu Hause und ließ sich hier nieder. Sie frischte alte Freundschaften auf, schloß neue, und so verging ein Jahr ums andere.

Sie arbeitete in verschiedenen Berufen. Männer traten in ihr Leben und verschwanden wieder. Irgendwann fand sie genau die Stellung, die ihr zusagte, doch sie fand keinen Mann, den sie sich als Ehepartner vorstellen konnte.

Sollten ihr deshalb die Freuden einer Mutter verwehrt bleiben?

Keineswegs.

Die Religion und natürlich auch die Eltern hatten Patricia gelehrt, daß man einem Menschen unabhängig vom Familienstand seine Liebe schenken kann. Im Lauf der Jahre wuchs ihr die Tochter ihres Bruders immer mehr ans Herz. Wendy war ein besonders liebenswertes Kind, und sobald man die Kleine in New Orleans allein ins Flugzeug setzen konnte, kam sie regelmäßig nach New York. Zu den »Tante-Patti-Ferien«, wie Wendy die Besuche nannte.

Patricia muß lachen, wenn sie daran zurückdenkt. »Man muß sich bloß mal vorstellen, daß ich in der Freiheitsstatue bis ganz oben raufgeklettert bin. Wo mir doch schon schwindlig wird, wenn ich nur auf eine Leiter steigen soll! Für Wendy habe ich natürlich getan, was ich nur konnte, das hat mir Freude gemacht. Sie hat übrigens nie um etwas gebeten und war für alles so dankbar. Ich weiß noch, daß ihr Großvater ihr einmal Geld für die Ferien in New York mitgegeben hat. Sie hat darauf bestanden, mich dafür zum Essen einzuladen. Ich habe ihr geraten, das Geld lieber für sich auszugeben, aber sie hat nicht lockergelassen, und so sind wir schließlich in ein kleines Restaurant ganz in der Nähe gegangen, in dem wir uns schon fast zu Hause fühlten. Dort hat sie ganz stolz die Rechnung bezahlt.«

Wendy wuchs heran, ging ihren Weg und hat wie fast alle Menschen schöne, aber auch weniger schöne Zeiten erlebt. Wie sehr wir unsere Kinder auch lieben – wir können sie nicht vor jedem Herzeleid bewahren. Wendys erste Ehe endete ausgesprochen tragisch mit dem plötzlichen Tod des jungen Ehemanns. Wendys zweiter Mann war Soldat und wurde gleich zu Beginn des Golfkriegs in das Krisengebiet geschickt. Als Thanksgiving nahte, war Wendy so traurig und durcheinander, daß sie wieder tat, was sie schon als Kind so oft getan hatte. Sie stieg ins Flugzeug und flog zu ihrer Tante Patti nach New York.

Bald nach der glücklichen Heimkehr des jungen Soldaten rief das Ehepaar Tante Patti an, um ihr zu sagen, daß Wendy schwanger war.

Wendys Baby kam zwei Wochen vor dem errechneten Termin auf die Welt, im Gegensatz zu den meisten anderen Babys jedoch nicht um zwei Uhr morgens, sondern um zwei Uhr nachmittags. Patti erfuhr davon im Büro. Der frischgebackene Vater versicherte ihr, daß Mutter und Kind wohlauf seien, und zu ihrer Verwunderung verband er sie gleich mit Wendy.

»Tante Patti«, sagte Wendy, und ihre Stimme klang erstaunlich fest und stark, »wir möchten dich um einen Gefallen bitten.«

»Schon genehmigt«, versprach die Tante aufgeregt.

»Dürfen wir das Baby nach dir benennen? Wir möchten sie so gern Patricia McCarthy Beron nennen.«

Patti verschlug es zunächst einmal die Sprache. Als sie sich wieder einigermaßen gefaßt hatte, konnte sie auch nur stammeln: »Was? Warum? Ist das euer Ernst? Wollt ihr das wirklich tun?«

Ja, ja, ja und nochmal ja, versicherten sie ihr. Sie waren fest entschlossen. Genau das wollten sie. Und sie hofften inständig, daß sie damit einverstanden sei.

Patti war gerührt und gab den guten Kindern zu verstehen, daß sie sich geehrt fühlte. Doch kaum hatte sie den Hörer aufgelegt, da konnte sie die Tränen nicht mehr zurückhalten und weinte haltlos. »Ich bin aus dem Büro gestürzt und habe im Lift geweint. Auch auf dem Heimweg, und selbst zu Hause war ich noch immer tränenüberströmt.

Ich weiß ja, daß ich nicht die Oma bin«, versicherte Patti rasch. »Ich will mir diese Rolle auch gar nicht anmaßen, aber ich kann es kaum erwarten, bis dieses kleine Mädchen jemanden braucht, der mit ihr die Freiheitsstatue hochklettert. Obwohl mir spätestens von der zweiten Plattform an ganz flau im Magen ist, renne ich dann die Stufen rauf, so schnell ich kann. Da soll mal einer sagen, daß eine Großtante keine Großmutter sein kann.«

Das Großeltern-Karussell

Für Großeltern ist es das reinste Hürdenrennen. Da hat man schon fest damit gerechnet, daß das Leben so allmählich in ruhigeren Bahnen verläuft, da geht es plötzlich steil bergauf – mit einem Fahrrad, das sechsunddreißig Gänge hat.

Manche lassen sich nach vielen Ehejahren scheiden.

Manche werden plötzlich und unerwartet Witwe oder Witwer.

Manche heiraten noch einmal und sorgen so für verzwickte Familienverhältnisse.

Zur Familie sind wir durch Geburt, durch Änderung des Familienstandes, auf eigenen Wunsch oder durch Zufall geworden – aber all das zählt nicht.

Wie immer Großeltern diesen Status auch erlangt haben mögen – gewisse Aspekte treffen auf alle zu. Hier ist eine kleine Auflistung von Fakten, deren sich Großeltern jeglicher Couleur bewußt sind:

Männer unter sechzig sind nicht gerade scharf darauf, Großvater zu werden, aber Frauen über fünfzig können es kaum erwarten, Großmutter zu sein.

Kaum sind ihnen ihre Kinder über den Kopf gewachsen, da schaut schon das erste Enkelkind zu ihnen auf.

Es ist sehr erquicklich, Großmutter beziehungsweise Großvater zu sein. Endlich kann man sich gleich über das Eis hermachen, ohne zuerst das Gemüse hinunterwürgen zu müssen.

Großeltern unterscheiden sich nur dadurch von anderen Menschen, daß sie mehr Fotos haben.

Großeltern haben ihre Pflicht getan, wenn sich ihre Enkelkinder alle gut vertragen.

Großeltern haben zum zweitenmal Gelegenheit, die Zukunft ganz nach Wunsch zu gestalten.

Antwort: Egal, was das Kind macht – die einen klagen, die andern prahlen.

Frage: Wodurch unterscheiden sich Eltern von Großeltern?

Omas Kleid

Als kleines Mädchen war ich davon überzeugt, daß es nur ein Omakleid gibt, das alle Großmütter tragen, und zwar ausnahmslos.

Das Kleid wurde zu jeder Gelegenheit getragen, auf Hochzeiten ebenso wie zu Beerdigungen. Es war schwarz, aus festem steifem Stoff und hochgeschlossen. Zu dem Kleid trug Großmutter ein Medaillon aus Gold oder eine Kameenbrosche. Die Taille saß nicht immer an der gleichen Stelle – manchmal fast in Höhe der Achselhöhlen und dann wieder auf den Hüften. Es kam aber auch vor, daß Großmutters schwarzes Kleid gar nicht tailliert war. Ärmel hatte es aber unbedingt. Die waren lang und oft geknöpft.

Es wurde als »gutes schwarzes Kleid« bezeichnet. Von einem »schlechten schwarzen Kleid« war uns Kindern nichts bekannt.

Unsere schwarzgewandeten Großmütter sollten uns heute einmal sehen. Zwar haben heutige Großmütter in der Regel ebenfalls wenigstens ein schwarzes Kleid, aber damit hören die Parallelen auch schon auf. Der Ausschnitt am schwarzen Kleid der Großmutter von heute reicht vielleicht bis dahin, wo früher am guten schwarzen Kleid die Taille zu sitzen pflegte. Und wie steht es mit der Rocklänge? Wir Omas der neunziger Jahre schrecken da vor nichts zurück. Manchmal schleift der Saum am Boden, so daß wir an Gestalten aus einem russischen Roman erinnern. Es kann aber auch vorkommen, daß das »gute schwarze Kleid«, zum »kleinen Schwarzen« avanciert, im wahrsten Sinn des Wortes nur aus einem Hauch von Stoff gemacht ist – kurz, kürzer, am kürzesten.

Erst neulich habe ich ein elegantes Modehaus betreten. In einem Stockwerk gab es nichts als schwarze Kleider. Ich habe sie mir angesehen und mir gedacht, daß sich Großmutter in diesem Meer von Schwarz wie zu Hause fühlen müßte. Natürlich würde sie sich an den Preisen stören. Mehr als zwanzig Dollar hat sie garantiert nie für ein Kleid bezahlt.

Könnten unsere Großmütter die heutigen Enkelkinder erleben, würden sie sich jedoch sofort heimisch fühlen, denn Großmütter wissen und haben schon immer gewußt, daß sich die Mode zwar in Kleiderfragen ändert, aber nicht in Herzensangelegenheiten. Das Herz spricht immer die gleiche Sprache.

Ob zugeknöpft bis obenhin oder mit rückwärtigem Reißverschluß – das kleine Schwarze hat auf die Liebe einer Großmutter zu ihren Enkelkindern keinen Einfluß.

Die Geburtstagskarte

Meine Großmutter hat mir einmal eine Glückwunschkarte zum Geburtstag geschickt, die ich jahrelang aufgehoben habe. Immer wenn ich traurig war oder mir dumm und häßlich vorkam, kramte ich sie hervor. Es gibt ja wohl kaum ein Mädchen, das solche Phasen nicht schon durchgemacht hat, bevor es endgültig erwachsen wurde.

Wenn ich mich besonders elend fühlte, konnte ich mir immer sagen, daß es zumindest einen Menschen gab, dem sehr viel an mir lag.

Irgendwann ist diese Glückwunschkarte dann doch verlorengegangen, aber die Botschaft werde ich wohl nie vergessen. Sie wird mir immer im Gedächtnis bleiben, und ich zitiere sie im Geist, wenn mir alles hoffnungslos erscheint und ich mir nicht mehr zu helfen weiß:

»Jahr um Jahr vergeht,
und ein Geburtstag jagt den anderen.
Der schönste Tag im Leben
war für mich der Tag,
an dem du zur Welt gekommen bist.«

Der Blick aufs Meer

Mein Freund John pflegte seine Großmutter früher oft am Long Island Sound zu besuchen, wo die Familie ein Haus besaß. Er erinnert sich noch gut an die Strandspaziergänge der Großmutter und wie sie dann von einem Liegestuhl aus die Aussicht genoß.

Doch die Zeit und das, was man gemeinhin Fortschritt nennt, forderten bald ihren Tribut. Es dauerte nicht lange, da wurden an der gegenüberliegenden Küste drei hohe Fabrikschornsteine gebaut. John tat es schrecklich leid, daß seine Großmutter keine schöne Aussicht mehr hatte. Als er sie wieder einmal besuchte, machten Großmutter und Enkel zusammen einen Strandspaziergang.

»Was für ein Jammer, daß diese drei häßlichen Fabrikschlote dir jetzt die Aussicht verderben«, sagte John und wollte damit der Enttäuschung Ausdruck verleihen, die er bei ihr vermutete.

»Fabrikschlote?« begehrte sie auf. »Fabrikschlote, daß ich nicht lache! Das sind doch keine Fabrikschornsteine, sondern drei wunderschöne Leuchttürme.«

John gibt zu, daß er seitdem immer nach Leuchttürmen Ausschau gehalten und vor Fabrikschornsteinen die Augen verschlossen hat.

Als ich noch ein kleines Mädchen war, fragten mich die Leute manchmal, was ich später einmal werden wollte. Meine Antwort lautete nie: »Märchenerzählerin wie Oma.« Ich war nämlich der festen Überzeugung, daß Großmütter schon als Großmütter auf die Welt kommen. Ich glaubte, ich sei als kleines Mädchen auf die Welt gekommen, meine Eltern seien schon von Geburt an meine Eltern und meine Großmütter von Anbeginn an meine Großmütter gewesen. Daß mich später einmal eins meiner Kinder anrufen und zu mir sagen könnte: »Mami, du wirst Oma«, hätte ich mir als kleines Kind nicht träumen lassen.

Aber es stand anders in den Sternen – wie das Leben halt so spielt. Ich konnte es kaum fassen, daß es mich schon so bald treffen sollte. Als ich erfuhr, daß ich Großmutter werden würde, war ich natürlich völlig aus dem Häuschen, aber tief im Innern fühlte ich mich dafür genaugenommen noch nicht alt genug. Ich trug noch immer lange Haare und kurze Röcke (mehr oder weniger, relativ gesehen). Ich war noch berufstätig, ging tanzen und spielte Tennis (mehr oder weniger, relativ gesehen). Außerdem war ich mir darüber im klaren, daß viele Menschen unter einer Großmutter eine morsche alte, verbrauchte Frau verstanden. Auch mir selbst kam bei dem Gedanken an Großmütter genau das in den Sinn. Da half es auch nicht, daß ein paar meiner besten Freundinnen schon Enkelkinder hatten. Ich konnte mich einfach nicht so darauf freuen, Großmutter zu werden, wie ich die Mutterschaft herbeigesehnt hatte. Großmutter zu sein bedeutete das Ende, davon war ich überzeugt. Was für ein neuer Lebensabschnitt damit beginnen würde, ahnte ich noch nicht. Die Geburt des ersten Enkelkindes läutet einen Neubeginn ein. Von dem Tag an zahlt sich aus, was man sein Leben lang investiert hat.

Genau in der Nacht, in der meine erste Enkelin, Stephanie, geboren wurde, erfaßte ich, was es bedeutet, »Großmutter« zu sein. Ich schrieb eine Kolumne über Stephanies Geburt für die Zeitschrift ›Good Housekeeping‹. Darin schilderte ich unter anderem meine Reaktion auf die erste Begegnung mit dem Neugeborenen:

»Zu meinem Entsetzen und Erstaunen brach ich in Tränen aus. Aber es waren nicht die ganz gewöhnlichen Alltagstränen. Es war ein altmodisch-herzzerbrechendes Schluchzen. Sekundenlang berührten mich alle diejenigen Leben, die diesem neuen vorausgegangen waren. Mein Vater, der schon tot war, als mein Sohn geboren wurde. Meine Großeltern, Urgroßeltern, Onkel, Tanten, Vettern und Cousinen. In einer großen, mitreißenden Flutwelle wurde ich zurückgespült zu meinen Anfängen – als Kind, als junge Frau, als Mutter.

Die Wucht der Erkenntnis, daß wir alle zusammengehören, erfüllte mich. Wir sind gebunden in unsere eigene unausweichliche, nie endende Familiengeschichte. Wir sind die Geschichte der Menschheit. Wir sind wir. Und jetzt gehört auch sie zu uns. Und Gott allein weiß, was uns bevorsteht – was allem Leben bevorsteht.

Kein Wunder, daß ich weinte und nicht zu trösten war.«

Die Reaktion auf diese Kolumne war überwältigend. Ich erkannte, daß ich einen Nerv getroffen hatte – einen »Großmutter-Nerv«. Ich hatte ein Geheimnis gelüftet, über das Frauen schon immer gern miteinander gesprochen hätten. Das Geheimnis nämlich, daß wir es zunächst alle als eine Art Schock empfinden, Großmutter zu werden. Aber sobald wir Großmütter sind, wollen wir zum Ausdruck bringen, daß man sein Leben einfach leben muß und daß jede Geburt einen Sinn hat. Eine Leserin schrieb mir, ihre Mutter habe ihr den Artikel an dem Tag geschickt, an dem ihr Kind zur Welt kam. Eine andere Frau ließ diesen Text verlesen, als ihre Mutter zu Grabe getragen wurde. Ohne mir dessen bewußt zu sein, hatte ich eine Hymne auf Geburt und Tod geschrieben.

Durch die positive Reaktion ermutigt, machte ich mich voller Zuversicht und Verve daran, mit noch größerem Zeitaufwand das Image von der schlechtgekleideten, langweiligen Großmutter aufzupolieren.

Ich begann aufzuzeichnen, was das Leben von Großeltern ausmacht.

Durch das Schreiben ist mir klargeworden, daß Großeltern im Familienzirkus durchaus keine Nebenrollen, sondern Hauptrollen spielen. Unsere Aufgabe als Großeltern besteht darin, Vertrauen zu schenken, Traditionen zu pflegen und dafür zu sorgen, daß alles wie ein gut geölter Motor läuft und die Hoffnung nie versiegt.

Der Lohn ist unermeßlich – vor allem, wenn etwas geschieht, was uns erkennen läßt, daß wir Großeltern gebraucht werden.

Lee hat alles ganz richtig gesehen, was die Familie angeht. Er wollte, daß wir Thanksgiving weiter feiern, wie es der Familientradition entspricht – ob mit ihm oder ohne ihn. Und daran haben wir uns gehalten.

Das letzte Thanksgiving war für unsere Familie fast so eine Art Epiphanie.

Ein paar Tage nach unserem altbewährten Festessen im Kreise der Familie bekam ich einen Brief von Heidi, meiner geliebten angeheirateten Stieftochter (ist das nicht ein typisches Verwandtschaftsverhältnis der neunziger Jahre?). Sie schrieb mir unter anderem:

»Ich möchte Dir für das wunderschöne, mit so viel Liebe und Herzenswärme zelebrierte Thanksgiving danken. Es war ein richtiges Bilderbuchfest. Ich werde nie vergessen, wie wir alle zusammen so rundum zufrieden in dem gemütlichen Wohnzimmer am Kamin gesessen haben. Dieses Zusammengehörigkeitsgefühl erwächst erst durch die Jahre, die man miteinander durch dick und dünn gegangen ist. Irgendwann kommt dann der Augenblick, in dem die Welt den Atem anzuhalten scheint und wir diese uneingeschränkte Zuneigung und Liebe in aller Ruhe genießen können – auskosten bis zur Neige. Wir wären arm dran ohne diese Liebe und das Zusammengehörigkeitsgefühl, das sie bewirkt.«

Ich las Heidis Brief mit Tränen in den Augen. Mir wurde klar, warum wir Großeltern Hoffnungsträger sein und bleiben müssen.

Am besten gelingt uns das wohl dadurch, daß wir dem Augenblick leben und ganz darin aufgehen, daß wir uns mit Kritik zurückhalten und die Sonne wieder scheinen lassen, wenn Gewitterwolken aufziehen – indem wir einfach nur sagen: »Ich muß dir unbedingt von meinen Enkelkindern erzählen ...«

Alles Liebe & einen schönen Tag! Deine Heidi
ENDE!!!

Amei-Angelika Müller im dtv

Foto: Studio Kleiber

Pfarrers Kinder, Müllers Vieh
Memoiren einer unvollkommenen Pfarrfrau

Sie ist ein Morgenmuffel, Kochen ist nicht ihre Stärke, und auch sonst entspricht sie nicht dem Ideal einer Pfarrfrau. Sie wollte auch alles andere werden, nur das nicht. Doch sie lernte einen Theologiestudenten kennen – und lieben.
dtv 1759 / dtv großdruck 25011

In seinem Garten freudevoll...
Durchs Gartenjahr mit Wilhelm Busch

Jeder glaubt Wilhelm Busch zu kennen, doch eine Seite des berühmten Zeichners, Dichters und Philosophen ist weniger bekannt: Er war ein großer Naturfreund und Hobbygärtner. Amei-Angelika Müller hat diesen »anderen« Wilhelm Busch aufgespürt in seinen Briefen, Gedichten und Zeichnungen, in denen er von Gärtners Freud und Leid erzählt, das menschliche Leben mit dem Ablauf der Jahreszeiten vergleicht und Tiere und Pflanzen beobachtet.
dtv 10883

Ich und du, Müllers Kuh
Die unvollkommene Pfarrfrau in der Stadt

Nach sieben Jahren in der ländlichen Pfarrei folgt Amei-Angelika Müller ihrem Mann auf eine Pfarrstelle in der Stadt. Neue Erlebnisse und Erfahrungen warten auf die »unvollkommene Pfarrfrau«, von denen sie mit viel Selbstironie und gekonnter Situationskomik erzählt.
dtv 10968

Sieben auf einen Streich

Eine herzerfrischend fröhliche, witzige und humorvolle Familiegeschichte: Sieben Geschwister nebst Anhang, insgesamt siebzehn Personen, darunter nicht weniger als drei Pfarrer, versammeln sich zu einem Familientreffen im Harz. Vergnügliche Einblicke in eine ganz und gar unmögliche Familie...
dtv 11204

Veilchen im Winter

Was macht eine junge Frau, die sich von ihrem skibegeisterten Ehemann zum gemeinsamen Winterurlaub überreden läßt, obwohl sie selbst völlig unsportlich ist und den Winter zutiefst verabscheut? Sie würde nach wenigen Tagen enttäuscht und zornig abreisen – wäre da nicht eine gleichgesinnte Seele in Gestalt eines kleinen Jungen.
dtv 11309

Christine Nöstlinger im dtv

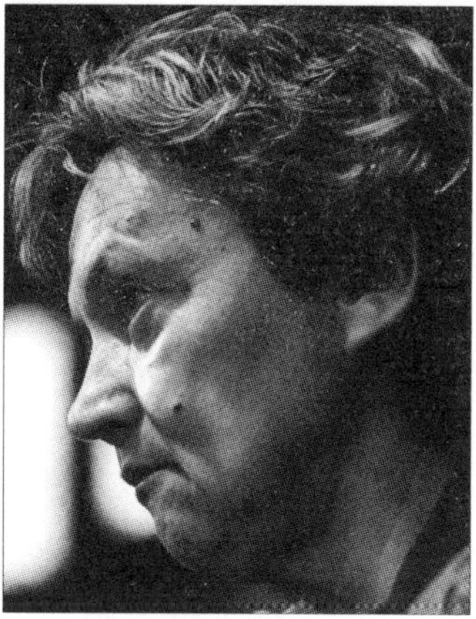

Foto: Klaus Morgenstern

Haushaltsschnecken leben länger
Mit Illustrationen von
Christiana Nöstlinger
dtv 10804 / großdruck 25030

Werter Nachwuchs
Die nie geschriebenen Briefe
der Emma K.
dtv 11321 / großdruck 25076

Das kleine Frau
Mein Tagebuch
dtv 11452

Manchmal möchte ich ein Single sein
Mit Illustrationen von
Christiana Nöstlinger
dtv 11573

Einen Löffel für den Papa
Einen Löffel für die Mama
Mit Illustrationen von
Christiana Nöstlinger
dtv 11633

Streifenpullis stapelweise
Mit Illustrationen von
Christiana Nöstlinger
dtv 11750

Salut für Mama
Mit Illustrationen von
Christiana Nöstlinger
dtv 11860

Liebe Tochter, werter Sohn!
Die nie geschriebenen Briefe
der Emma K.
Zweiter Teil
dtv 11949

Mit zwei linken Kochlöffeln
Ein kleiner Kochlehrgang für
Küchenmuffel
Mit Illustrationen von
Christiana Nöstlinger
dtv 12007

Mama wird's schon richten…

Irene Dikkers:
Mama wird's schon richten…
dtv 11679

Lydia Hauenschild:
Wann trägt man als Mutter schon Seidenstrümpfe
dtv 11587

Inge Helm:
Behalt bloß deine Babysachen!
dtv 11339
Haste Töne
dtv 11435
Die Rechnung getrennt, bitte
dtv 11641

Christine Nöstlinger:
Haushaltsschnecken leben länger
dtv 10804 / dtv großdruck 25030

Christine Nöstlinger:
Das kleine Frau
dtv 11452
Manchmal möchte ich ein Single sein
dtv 11573
Streifenpullis stapelweise
dtv 11750
Salut für Mama
dtv 11860

Annemarie Stoltenberg:
Meine Mama und sonst keinem seine
dtv 11535

Phyllis Theroux:
Meine Kinder tun das auch
dtv 11623